W0414904

Superhôte

DE LA MÊME AUTRICE

Trancher, Flammarion, 2018 ; J'ai lu, 2019.
Un loup quelque part, Flammarion, 2020 ; J'ai lu, 2022.
Pas ce soir, Flammarion, 2022 ; J'ai lu, 2023.
En garde, Flammarion, 2023 ; J'ai lu, 2024.

Amélie Cordonnier

Superhôte

roman

Flammarion

© Éditions Flammarion, Paris, 2025.
ISBN : 978-2-0804-7823-8

Pour ma mère

« Une femme de ménage
dont il n'y a rien à redire. »

Annie Ernaux, *Une femme*

Premier acte

Immortalisée par Harcourt, dans un savant fondu de noir et blanc, une femme me double au carrefour. J'ai presque l'impression qu'elle me toise. Au centre de la publicité, que je photographie au moment où le bus 70 me dépasse, trône une phrase entre guillemets : « Je suis mise en lumière pour sortir mon métier de l'ombre. » Blondeur hollywoodienne, regard en coin, lèvres closes, Mélanie a l'air fier, voire un peu hautain, pour une fois, tant qu'à faire. Son prénom figure dans le coin gauche de l'affiche, juste au-dessus de sa fonction : employée de maison chez Shiva depuis dix ans. Employée de maison... Est-ce que le boulot passe mieux, est-ce qu'on a moins mal au dos et aux articulations grâce à cette expression ? Est-ce que j'aurais eu moins honte à l'école si je l'avais utilisée sur la fiche de renseignements de début d'année, juste en dessous de mon nom, Camille Bonhomme ? Profession de la mère : employée de maison. Est-ce que ces trois mots-là m'auraient moins gênée que femme de ménage ? Peut-être. Elle fait quoi ta mère ? Employée de maison. Pas sûre que j'aurais été moins moquée dans la cour de récré, mais sans doute aurais-je moins menti. Je lui ai inventé tant de jobs, à ma mère : boulangère, caissière, vendeuse, secrétaire, hôtesse de l'air. À peu près tout sauf prof. Enseignante, je n'osais pas. Je crois qu'inconsciemment, ce métier, je me le réservais. Moi, mes CE2, je ne leur demande jamais ce que font leurs parents, je m'en fiche, ça change quoi ? Je dis, Votre nom me suffit, et parfois j'en vois qui sourient. Ma mère à moi s'appelle Sylvie. Sylvie Bonhomme. Elle a 48 ans et entretient le logement des gens depuis l'âge de 22 ans. Elle a donc passé l'essentiel de son temps à faire le ménage pour les autres. Vingt-six ans, précisément. J'ai décidé de la mettre en lumière, moi aussi. Pour raconter ce qui lui est arrivé, son histoire à elle qui n'en a jamais fait. C'est maintenant ou jamais, je le sais. J'ai conscience que mon point de vue est biaisé par la colère autant que par mon lien de parenté, pourtant cela ne m'empêchera pas de donner la parole à ma mère. Tout le monde l'a toujours utilisée pour ses bras, moi je veux faire entendre sa voix. Elle a passé sa vie à se démener pour faire disparaître la crasse, sans jamais laisser aucune trace de son passage. Eh bien, moi, je ne passerai pas l'éponge. Il ne s'agit pas de venger ma mère puisque ce verbe lui déplaît. Mais je ne laisserai personne salir sa réputation. Ni Anaïs, ni Adrien. Moi, c'est son honneur que je veux laver.

Louons la maison, Anaïs chérie, m'avait incitée Adrien. Louons ensemble le Seigneur, a dit le père Denis, dont je m'efforçais de fixer l'étole violette pour ne pas m'effondrer. Il avait fallu cette prière à la paroisse Saint-Eubert, noire de manteaux noirs, pour que les deux phrases se télescopent, que le verbe louer me saute au visage et que je prenne soudain conscience de l'ignominie de sa polysémie. Louer sa résidence secondaire, et puis louer le Christ. Célébrer le fils de Dieu quand on a perdu le sien après avoir concédé l'usage de son logement contre paiement à quelqu'un. Louons, louons. Un seul et même terme pour évoquer deux réalités éloignées qui percutent nos cœurs endeuillés. Je n'avais pas remis les pieds dans une église depuis des années, depuis le baptême de Joseph, douze ans auparavant, si je compte bien, et évidemment je compte bien. J'avais suivi des cours de cathé pendant des lustres, étudié des tas de passages de l'Ancien et du Nouveau Testament, commenté longuement l'épisode de la mer Morte et l'arrivée à Bethléem que j'aimais tant, j'avais célébré les apôtres, prié le père des cieux, sa mère Marie, Vierge sainte que drape le soleil, puis j'avais loué ma maison pour gagner un peu d'argent et signé ma perte.

Deuxième acte

Peu importent les diplômes, peu importe la réussite, je resterai toute ma vie sa fille. Fille de femme de ménage. Je croyais que ça m'était passé, que cette étiquette s'était envolée avec la honte, mais non. Je le comprends tout à coup, à l'aéroport, debout dans cette file de passagers qui attendent d'embarquer, engloutis par leur portable. Soudain je remarque cette dame à laquelle personne ne prête attention. Elle a le regard rivé au sol, et mes yeux à moi ne peuvent s'empêcher de s'accrocher à la poche de sa blouse, trop serrée, puis de descendre le long de son bras au bout duquel va, vient et revient, inlassablement, un balai extensible qu'elle a pris soin d'ajuster à sa taille. Ses poils ont perdu de leur blancheur mais pas de leur tonus, puisque la vivacité avec laquelle ils dépoussièrent, c'est elle qui la leur donne. Faut-il être fille de femme de ménage pour remarquer la longue poignée réglable qui lui évite de se pencher, l'extrémité en caoutchouc de la pelle à poussière et son bord doux qui s'adapte mieux au sol et empêche les débris de passer en dessous ? Peut-être pas. Peut-être que d'autres gens le voient. Peut-être que d'autres gens collectionnent mentalement comme moi ces silhouettes croisées dans l'allée du supermarché, dans les halls, à l'hôpital, la piscine, la mairie ou à la gare, dans toutes ces salles où se perdent leurs pas. Peut-être repèrent-ils aussi ces publicités pour les femmes de ménage, qui fleurissent décidément partout. C'est l'effet septembre. Leur seul et unique moment de gloire de l'année. Crayons, cartables, cahiers, aide aux devoirs et au ménage, elles font partie du kit de rentrée. Ligne 6, au détour d'un couloir, le sourire confiant d'une femme anonyme me cueille. L'affiche a été savamment placée, juste au-dessus de la rampe de l'escalier, si bien qu'elle plonge ses yeux dans les miens. Celle-là n'a rien d'une star, elle porte un tablier vert, des gants assortis, frotte d'une main un plan de travail déjà rutilant et de l'autre brandit un pschitt de nettoyage qui lui donne l'air mutin d'un gosse armé d'un pistolet à eau. Helpling a choisi de communiquer sur la simplicité de son offre sans engagement, fondée sur la réservation et la gestion en ligne avec un chargé de clientèle, et de mettre en avant le prix, 26,40 euros de l'heure, soit 13,20 euros avec l'avance immédiate de crédit d'impôt. Mais moi, ce qui retient mon attention, au-delà du sourire de la dame qui n'a pas l'air harassée mais heureuse d'avoir travaillé, puisqu'il s'agit d'un mensonge, d'une publicité, c'est une expression, encore une, à croire qu'elles me hérissent toutes, une expression en caractère gras : ménage à domicile. Le ménage des gens peut-il se faire ailleurs qu'à domicile ?

Il faut reconnaître que nous avons été heureux dans cette maison. Nous nous étions démenés pour la remettre en état quand Adrien en a hérité et en avons bien profité lorsque les enfants étaient petits. Les regarder courir, faire du patin, du camion ou de la trottinette dans la cour, c'était autrement plus agréable que de les entendre crier dans notre appartement lillois, où j'ai toujours eu envie de pousser les murs. Pourtant la Marseillaise que je resterai toute ma vie n'a jamais particulièrement apprécié cette *station balnéaire d'exception* où, n'en déplaise à l'office de tourisme du Touquet, j'ai toujours eu froid, quelle que soit la saison. Sur le site de la ville figurent toutes les activités possibles et imaginables. Au printemps, tennis ou char à voile ; en été, clubs de plage pour les enfants, Hélio, Joie de vivre ou Mickey, sans jamais quitter l'attirail bonnet-K-way, et toujours un chandail sur les épaules même si soleil et maillot (aucun topless envisageable, quand bien même s'y prêterait la météo) ; à l'automne, équitation, cheval ou poney, balades, reprises dans le manège ou la carrière ; et en hiver golf, neuf ou dix-huit trous, parcours mer ou forêt, au choix. Enfin, sur le papier. Car en réalité, notre programme se résumait à nous planquer en permanence dans le patio et à nous coller aux cabines ensablées pour braver les bourrasques, en bottes ou en Bensimon. Le bon air à deux heures de Lille, clamait Adrien. Tu parles. Sempiternel temps de chien et un vent à décorner les bœufs, contre lequel il fallait pédaler. Et puis quand l'été il faisait enfin beau, préciser par miracle serait faire preuve de mauvaise foi, car cela arrivait tout de même certaines années, le ciel sans nuage, le sable brûlant et les pelouses cramées avec interdiction d'arroser ; quand l'été, il faisait enfin beau, alors trop chaud. Je ne savais pas où me jeter, surtout pas dans la mer, jaune et sale à cause du sable sans cesse remué. La Manche et ses puces, j'en avais soupé. J'ai fini par ne plus vouloir y aller. Les calanques me manquaient. Et si on vendait la maison pour redescendre dans le Sud ? Adrien a répondu, Oui mais. Et bien sûr c'était juste une façon de ne pas dire non. Il fallait attendre pour la vendre. Rapport aux impôts, si on ne voulait pas en payer trop, et Adrien ne voulait pas. Et puis de toute façon les prix se sont envolés depuis l'installation des Macron à l'Élysée, les curieux n'en finissent pas de défiler rue Saint-Jean, devant la villa des Trogneux, dans l'espoir d'apercevoir la première Dame, ses filles ou leur beau-père Président. La pierre reste un placement excellent. Rien de plus prudent en ces temps d'inflation, alors autant garder cette maison, arguait Adrien, mais on pourrait la louer. Tout le monde loue, pourquoi pas nous ? C'est ainsi que l'aventure Airbnb a commencé. Je n'étais pas emballée au départ. L'idée que des inconnus séjournent chez moi et, pire, dorment dans mon lit, me dégoûtait. Mais Adrien avait réponse à tout. Si ce n'est qu'une question de literie, ma chérie, on rachète couettes, oreillers, on double les protège matelas d'une alèse, et l'affaire est réglée. Quant au ménage et à la gestion des locataires, tu n'auras rien à faire, on confie tout ça à Sylvie. J'ai toujours eu confiance en Sylvie. À la clé, il y avait la perspective de passer des week-ends dans le Midi et le mois d'août en Corse, des déjeuners à l'ombre du figuier, des plongeons dans la piscine et dans les eaux vraiment bleues de la Méditerranée, alors j'ai cédé, dit Oui, va pour Airbnb, et fermé les yeux sur les étrangers qui feraient l'amour dans mon lit.

Il y a tant de chiffres au cadenas du regret. 570 000. Je suis tombée sur ce nombre, quelques semaines après le drame, au détour d'un article du journal *Le Monde*, et c'est comme si j'étais restée allongée à côté de lui. Chacun de ses chiffres, le 5, le 7 et les quatre zéros, s'affiche en gros, depuis des jours et des jours, dans mon cerveau. Ils me suivent à la trace sous la douche, dans le métro, la cour de récré, au tableau, et même au fond de la piscine où je suis retournée pour tenter de les noyer. En vain. Ces parasites pullulent, envahissent la classe, l'écran de mon ordinateur, s'immiscent entre les lignes des cahiers que je corrige et des romans que je n'arrive plus à lire, me poursuivent jusque dans mon lit, si bien que j'ai fini par coucher contre eux mes insomnies. Où se cache ma mère ? Je la devine dans un des zéros. Sans doute parce que quatre d'un coup, ça fait beaucoup. Une forêt dans laquelle se glisser et s'égarer. Pourtant c'est idiot, car contrairement à ces femmes sans nom, Mélanie, Chary, Amandine de Shiva et à cette dame dont Helpling ne juge pas nécessaire d'indiquer le prénom, ma mère n'a jamais fait partie des 570 000 personnes employées par les 15 000 entreprises de propreté que compte la France et qui réalisent à elles toutes 17 milliards d'euros de chiffres d'affaires. Jamais. Cela ne m'a pas empêchée d'imprimer l'article, ni de le coller dans ce carnet où j'amasse, page après page, une documentation aux tristes airs de pièces à conviction. Ma mère travaillait seule, au noir le plus souvent, parfois déclarée mais toujours à son compte. Elle disait Je bosse pour moi, même si c'était pour moi, sa fille. Disait Je bosse pour moi alors qu'elle se tuait à la tâche chez les autres, et bien sûr elle souriait lorsqu'elle disait ça. Cette phrase dans sa bouche, c'était un pied de nez, un poing levé. Une caresse sur mes cheveux emmêlés et ma mine inquiète qu'elle se saigne sans jamais se plaindre. Elle avait beau se redresser pour prononcer ces mots, Je bosse pour moi, se tenir bien droite, tête haute, épaules en arrière, chaque fois que je les entendais, petite, j'avais peur qu'une bosse de chameau finisse par lui pousser, qu'elle hérisse ce dos qui la faisait souffrir après tant d'heures à passer l'aspiro et qu'elle déforme un peu plus encore ses bras musclés qu'elle ne baissait jamais. Ce matin, l'évidence a éclaté. Une vraie bombe à retardement, programmée il y a cinq ans. J'ai compris pourquoi ce 5, ce 7 et cette horde de zéros ne me lâchaient pas d'une semelle. À cause d'eux, ou peut-être devrais-je finalement dire grâce à eux, m'est revenue la combinaison, 5700, de cette maudite boîte à clés.

Adieu, la bonne vieille planque sous le paillasson ou le pot de fleurs. Les clés ne se cachent plus désormais, elles s'exhibent. S'enferment au vu et au su de tous dans des boîtiers sécurisés. Est-ce que la colère rend folle ? Lorsque je marche, mes yeux scannent désormais malgré moi l'entrée des immeubles, s'accrochent aux murs, aux portails, aux barrières, aux portes des maisons. Ça tourne à l'obsession. Je n'ai même plus besoin de chercher ces foutues boîtes à clés, je les trouve partout, jusqu'à la laverie automatique. Je ne suis pas la seule à les pourchasser, je l'ai compris ce matin en tombant sur deux gars de l'équipe municipale, armés d'une scie pour faire sauter, un à un, les dizaines de boîtiers suspendus aux grilles vertes du square. Que comptent-ils en faire ? Vont-ils remplacer les grilles par des panneaux vitrés comme sur le pont des Arts où fleurissaient plusieurs centaines de kilos de cadenas jusqu'à ce que le grillage de la passerelle s'effondre en 2014 ? On peut se procurer ces boîtes en un clic pour la modique somme de 5 euros, mais le modèle d'Anaïs, dont j'ai retrouvé la trace sur Internet, coûte 14,99 euros. Il faut se figurer un coffret mural, étanche, gris et noir sur le côté, 120 × 96 × 40 mm à l'extérieur et 85 × 62 × 30 mm à l'intérieur. Je regrette de ne découvrir ces mesures que maintenant. Si j'en avais eu connaissance, j'aurais pu réconforter ma mère. Cela me désolait de l'entendre raconter qu'elle ne s'en sortait pas, devait lutter pendant une éternité, s'y reprendre jusqu'à trois fois pour réussir à loger la clé. Ma mère incriminait ses phalanges gonflées, déformées par toutes ces années de travail. C'est à cause de mes gros doigts, pestait-elle, si je n'y arrive pas, et ces mots faisaient enfler ma rage qu'aujourd'hui plus rien ne retient. J'ai pris des captures d'écran de certains avis de consommateurs, les ai imprimées puis agrafées dans mon cahier, sans trop savoir pourquoi. « Les clés bloquent la fermeture et il faut bien les positionner sur le bas sinon elles coincent aussi l'ouverture », conseille Anne62 qui déplore l'étroitesse du compartiment intérieur. Tant de stress, tout ce temps que maman a passé et perdu à répéter ce pauvre geste qu'une inconnue décrit si bien. Si j'avais lu cette remarque quand a démarré le manège d'Anaïs, j'aurais pu déculpabiliser ma mère, lui assurer qu'elle n'était pas la seule dans cette galère. J'ignorais que des solidarités peuvent se nouer au détour des avis de consommateurs, qu'on y trouve parfois des frères et des sœurs. Maintenant je le sais. #balancetaboîteàclés.

Cette foutue boîte, Anaïs l'a installée sans crier gare. Le 18 mai 2018. Ma mère se souvient précisément de la date, car Madame lui avait demandé de venir lui donner un coup de main la veille du week-end de Pentecôte. C'est l'expression qu'elle emploie depuis toujours, *coup de main*, alors qu'elle n'a jamais levé le petit doigt, jamais aidé ma mère à faire quoi que ce soit. Sans doute une façon d'éviter de prononcer le mot ménage qu'elle doit juger honteux, trop salissant. Ce jour-là, ça sonne tandis que maman nettoie le four. Anaïs se précipite, salue le facteur, récupère son colis, se réjouit de découvrir qu'il s'agit du carton qu'elle a commandé il y a moins de vingt-quatre heures et le déballe sans attendre. Elle en extrait le boîtier gris et noir, se plonge quelques minutes dans la notice qui l'accompagne puis file dans la buanderie, en ressort munie de la caisse à outils et ouvre la baie vitrée. Maman la voit s'agiter depuis l'intérieur, multiplier les allées et venues. Le bruit de l'aspirateur qu'elle a allumé ne l'empêche pas d'entendre Anaïs cogiter. La voilà qui se positionne devant l'abri à vélos, le scrute de bas en haut, passe la main plusieurs fois sur les poteaux, décide visiblement que ce sera là, sur le premier. Elle n'a jamais été bricoleuse, pourtant ce jour-là il lui faut moins d'une minute pour déterminer l'endroit parfait, un tournevis et un tour de main pour fixer une boîte en plastique sur le montant en bois. Sylvie, venez que je vous explique tout, crie Anaïs en agitant le bras. Ma mère s'exécute, brave soldat, toujours au garde à vous. Pose ses chiffons et la rejoint dans la cour, sans imaginer une seconde, mais comment le pourrait-elle, qu'elle vient de mettre le doigt dans un engrenage qui va lui être fatal. Quatre vis ont suffi pour foutre en l'air sa vie.

Pour louer la maison sur Airbnb, il faut deux choses, avait résumé Adrien : une femme de ménage et une boîte à clés. La première on l'a déjà, la seconde, on va l'acheter. J'avais repris mon mari, mettre Sylvie sur le même plan que des clés, il ne fallait pas exagérer. C'est grâce à lui que je l'ai rencontrée, Sylvie. Enfin grâce à une des petites annonces qu'il avait repérées à la boulangerie, sur laquelle elle avait découpé d'étroites languettes où figurait son numéro de téléphone. Elle en avait déposé un peu partout, à la pharmacie, la boucherie, la poissonnerie Ramet, bref chez la plupart des commerçants du Touquet. Je dis *rencontrée*, même si le terme paraît inapproprié, car c'est vraiment l'impression que j'ai eue, tomber sur une sauveuse, une fée. En 2008, je venais juste de me marier. J'étais toute jeune et franchement pas à l'aise à l'idée d'embaucher une femme de ménage. Je l'ai d'ailleurs avoué d'entrée de jeu à Sylvie. Ça lui a plu, elle me l'a confié bien plus tard, lorsqu'on a sympathisé, que ma gêne l'avait touchée, qu'elle avait joué dans sa décision de venir travailler à la maison. C'était bien la première fois qu'une patronne lui déclarait une chose pareille. Je me souviens de sa phrase, à cause du mot *patronne*, qui m'a écorchée. Ce matin-là, je lui ai raconté avoir besoin de quelqu'un pour m'aider parce que je m'étais déchiré les ligaments du genou en jouant au tennis le week-end précédent. J'étais tout à fait consciente de passer pour une bourge en le lui précisant, mais c'était la vérité, à quoi bon la taire ? Arrêtée trois semaines, incapable de poser le pied par terre et de faire le moindre pas sans béquilles, alors le ménage... La veille, j'avais renversé la poêle brûlante en préparant le dîner et failli me rétamer sur le carrelage. Adrien m'avait rattrapée in extremis et s'était fâché. Il devait repartir travailler à Lille et ne voyait vraiment pas comment je pouvais rester seule au Touquet dans cet état, sans personne pour m'aider. Alors soit je rentrais avec lui, soit j'appelais le numéro griffonné sur le papier qu'il avait détaché huit jours plus tôt à la boulangerie de Quentovic. C'est ainsi que Sylvie a débarqué dans ma vie et dans celle de mon mari, qu'elle a toujours appelé Monsieur. Moi, elle voulait m'appeler Madame, mais j'ai refusé, dès le premier jour. C'était non négociable. Elle était à peine plus âgée que moi, donc soit je lui donnais du Madame, moi aussi, soit on s'appelait toutes les deux par notre prénom, pas d'autre solution. Bien sûr, elle a choisi la deuxième option. Le lendemain, lorsqu'elle est revenue pour repasser la pile de linge qui s'entassait, elle a proposé de me cuisiner un bon petit plat, voire deux, histoire que je ne meure pas de faim jusqu'au retour de Monsieur. J'ai accepté et lui ai confié mes clés. Elle les aura gardées quinze ans. Dix ans dans sa poche, puis cinq ans dans cette boîte dont j'ignorais tout jusqu'à ce qu'Adrien m'en parle. Sur Google j'avais tapé *boîte à clés* et un monde s'était ouvert à moi. Quelles sont les meilleures boîtes à clés ? Où placer une boîte à clés ? Comment fonctionne une boîte à clés ? Comment ouvrir une boîte à clés ? Je n'étais visiblement pas la seule à m'interroger. Il m'a suffi de consulter quelques sites marchands pour comprendre qu'il existe des boîtiers sécurisés, robustes et résistant aux intempéries, de diverses tailles, armoires, mini-coffres ou cadenas joufflus, généralement noirs ou gris, prêts à fixer aux grilles des immeubles, aux façades des maisons ou des abris de jardin, tous munis d'un code à quatre chiffres. Réinitialisable et donc partageable à l'infini, clame la notice du site Amazon où j'ai fini par acheter un modèle qui semblait présenter le meilleur rapport qualité-prix. De quoi permettre aux locataires de récupérer le trousseau en parfaite autonomie et ainsi éviter de déranger Sylvie à toute heure du jour et de la nuit. Te casse pas la tête pour le code, mais évite nos dates de naissance, m'a conseillé Adrien. Alors j'ai choisi les quatre derniers chiffres de mon numéro de portable, 5700. J'ai ensuite profité d'un week-end de Pentecôte où il faisait beau, enfin pas trop mauvais, pour installer la boîte à clés à l'entrée de la maison et prendre les photos qui illustreraient l'annonce Airbnb que nous avions préparée. Adrien n'avait pas hésité à transformer l'espace sous combles du premier étage en mètres carrés habitables afin d'augmenter la superficie, Mettons 130 mètres carrés, qui va vérifier ? Et à l'inverse, il avait raccourci sans vergogne la distance qui nous sépare de la plage et des commerces du centre. Franchement tu y es en cinq minutes, rue Saint-Jean, en marchant d'un bon pas. Je m'étais dit qu'il ne se rendait pas compte, car avec une poussette, un cabas sous le bras ou au bout de la main un gamin qui insiste pour porter lui-même sa pelle, son seau et s'arrête tous les vingt mètres pour ramasser un moule tombé ou un râteau, n'importe qui marche d'un mauvais pas et met plutôt un quart d'heure pour rejoindre le début de la digue, mais j'avais pensé à la Corse et gardé cette réflexion pour moi. De toute façon, je n'étais pas très à cheval non plus sur la vérité. Dans ma tête trottaient mille et une idées pour magnifier notre *maison moderne*. Choisir le mode panoramique histoire de la photographier sous son meilleur jour, allumer toutes les lumières à midi, l'halogène du salon, les spots du faux plafond et les lampes de chevet, masquer la fêlure d'un carreau cassé à l'aide d'un tipp-ex, me hisser sur le plan de travail de la cuisine afin de maximiser les volumes, me coller contre la haie pour donner de la profondeur à la terrasse, monter un tabouret de bar à l'étage puis m'y jucher pour capturer un aperçu mer depuis le Velux de notre chambre rebaptisée *suite parentale*, je ne reculais devant rien, jouais les équilibristes, me découvrais des talents de gymnaste autant que d'enjoliveuse, arrangeais les oreillers et déplaçais le même bouquet de pièce en pièce. Parfaite menteuse en scène.

Comment nettoie-t-on la honte ? Aujourd'hui j'ai honte d'avoir eu honte et je vois ma mère partout. Comme si quelqu'un choisissait les films et les séries à mon insu. Des fois que j'oublierais cinq minutes d'où je viens. Effet miroir avec *Le Quai de Ouistreham*, je me doutais que le drame d'Emmanuel Carrère me remuerait, pourtant j'ai pris un billet, c'était plus fort que moi. Il fallait que j'embarque avec Juliette Binoche sur ce ferry où Florence Aubenas se fait passer pour une femme de ménage. J'étais mal en sortant, mais tout de même moins qu'après avoir vu *À plein temps*, le merveilleux film d'Éric Gravel, où Laure Calamy cavale du matin au soir à cause des grèves, file dès l'aube pour tenter de rejoindre vaille que vaille l'hôtel de luxe où elle bosse en tant que femme de chambre, et trouve encore le courage de sprinter à la nuit tombée pour attraper un RER bondé qui ne la ramène jamais à l'heure au pavillon où elle élève seule deux marmots, trop souvent confiés à la voisine. La littérature aussi me parle de ma mère lorsque je ne m'y attends pas. J'ai ri avec *Le Livre des sœurs*, quand Amélie Nothomb imagine qu'une mère baptise sa fille Cosette parce qu'elle a besoin de quelqu'un pour balayer. Je l'ai souvent passé pour maman, le balai. La serpillière aussi. C'est une chose que les filles font pour leur mère depuis des générations, mais les garçons ? Je dois à Mme Pinon ma vocation d'instit' et mes premiers frissons de lectrice, poils dressés sur les bras, cœur qui bat jusque dans les doigts rongés malgré moi, et les yeux si impatients qu'il faut cacher la page suivante de l'autre main pour les empêcher de tricher. Un jour, elle nous avait menés en bateau avec *L'Assommoir*, nous demandant si nous avions déjà goûté de l'huile de coude. Zola met cette expression dans la bouche de Lantier, déjà pleine de pastilles à la menthe qu'il suce en se prélassant sur l'étroite banquette de moleskine rouge, un samedi matin, tandis que Gervaise, armée de son seau et de sa brosse, se démène pour briquer la boutique, bien boueuse après trois jours de pluie. Elle a joliment du mal, Gervaise Macquart, elle ne ménage pas sa peine. Pourtant, depuis le comptoir où elle la surveille en faisant la dame, fière de son petit col et de ses manches de dentelle, lèvres pincées et bien peignée, Virginie ne se prive pas de la rappeler à l'ordre. Dites donc, madame Coupeau ! Vous laissez de la crasse, là-bas, dans ce coin, frottez-moi donc un peu mieux ça, la houspille-t-elle. Alors Gervaise obéit. Retourne dans le coin, qu'elle a soi-disant négligé et recommence à laver. Je la revois au milieu de l'eau souillée, pliée en deux, agenouillée par terre, comme si ma lecture datait d'hier. Mon regard ne peut s'empêcher de s'attarder sur la saillie de ses épaules ainsi que sur ses bras violets et raidis. Je peux encore sentir sur mes fesses à moi le vieux jupon trempé qui colle aux siennes et dans mon cœur ce pincement quand Zola décrit la pagaille de ses cheveux et le vulgaire tas de chiffon élimé qu'elle forme sur le parquet, montrant par les trous de sa chemise qu'il nomme camisole, l'enflure de son corps, un débordement de chairs molles qui voyagent, roulent et sautent, sous les rudes secousses de sa besogne. C'est sur ma figure, si semblable, dit-on, à celle de ma mère, que pissent les grosses gouttes de sueur du visage inondé de Gervaise. Et je sais bien que Virginie lui donne du madame uniquement pour l'enfoncer, je sais bien que c'est une manière sournoise de l'accabler, de lui rappeler qu'il n'y a pas si longtemps elle a régné en belle patronne blonde sur ce logement qu'elle nettoie désormais une fois par semaine. Et l'infâme Lantier jubile, jouit du spectacle, entre deux sucreries. Plus on met de l'huile de coude, plus ça reluit, lâche-t-il sentencieusement. Comment diable peut-il se délecter de la déchéance de celle qu'il a aimée, entraînée à Paris et à qui il a fait deux fils avant de la quitter ? Déjà à 15 ans, ça m'échappe et je veux comprendre. Mais là n'est pas la question pour Mme Pinon, qui s'interrompt. Quelqu'un dans la classe pourrait-il lui donner la définition de cette huile au goût particulier ? Brouhaha général et grosses élucubrations. Je suis la seule à ne pas tomber dans le panneau et tout le mérite revient à ma mère, qui m'a toujours incitée à user d'huile de coude sans parcimonie, lorsque je renâclais à me mettre à mes devoirs, unique façon selon elle de s'en sortir dans la vie. Cette légère avance que j'ai sur mes camarades m'évite d'abandonner Gervaise trop vite. Je reste avec elle dans la boutique pendant quelques lignes supplémentaires. Juste le temps de l'aider à endurer les réflexions qu'assène Virginie, avec cet air de princesse, qui donne envie de retourner au lavoir pour lui coller une deuxième fessée au battoir. Elle la savoure, sa vengeance, tout en elle crie victoire. Ses yeux s'éclairent d'étincelles jaunes et ses lèvres étirent un mince sourire à l'intention de Lantier tandis qu'elle donne ses ordres à Gervaise. Encore un peu à droite. Maintenant, faites bien attention à la boiserie… et d'en rajouter : Vous savez, je n'ai pas été très contente, samedi dernier. Les taches étaient restées. Et tous les deux, le chapelier et l'épicière, de se carrer davantage sur leur trône, tandis que je traîne avec Gervaise, à leurs pieds, dans la boue noire.

On n'a qu'à louer. Comme si c'était si simple. Adrien suggère et j'exécute. Jamais il ne se rend compte de toutes les actions qu'il faut accomplir pour exaucer ses souhaits. Je me les coltine toujours seule. Comme si c'était si facile que ça, accueillir des gens chez soi. Qu'en plus on ne verra pas, qu'on ne peut qu'imaginer, et c'est pire. Des étrangers qui s'assoiront à ma table, sur mes fauteuils, mon canapé, mes toilettes et mes principes, qui mangeront dans mes assiettes, ébrécheront mes plats, rayeront mes poêles, marcheront avec leurs chaussures sur mon tapis, se sécheront avec mes serviettes, enfileront mon peignoir, fouilleront mes placards, feuilletteront mes livres, ouvriront mes tiroirs, regarderont mes photos, toucheront mes affaires, risqueront de les salir, les abîmer, peut-être même les casser. Adrien a trouvé que je dramatisais. Sans doute. Il y a cinq ans, je décide de profiter d'un jour des vacances de Pâques où il ne nous a pas encore rejoints au

Touquet pour faire le tour de la maison et réunir tout ce à quoi je tiens. Lampes fragiles, vases, bibelots, ma collection de voiliers, les coupes à champagne en cristal, l'argenterie, les tasses à thé de ma grand-mère ainsi que la vaisselle chinée aux puces, impossible à racheter. Cela représente bien plus d'affaires que je ne l'imaginais. Le salon a soudain des airs de vide-grenier. Il n'y a presque plus de place sur la table où Victoire s'est installée pour dessiner, éparpillant ses Bic quatre couleurs, ses feutres à paillettes et sa collection de stylos à têtes d'animaux. Elle les décale d'abord gentiment sans moufter, chaque fois que j'apporte un nouvel objet, puis finit par s'étonner. Crayon en bouche, elle me lance un Tu vas jeter tout ça maman ? au bout duquel j'entends sonner un grelot apeuré. Aucune envie de me lancer dans des explications qui déclencheront, je le sais, une avalanche infernale de pourquoi. Le Mais non, t'inquiète, avec lequel j'espère balayer ses craintes ne la rassure guère. Voilà qu'elle se lève, repousse sa chaise, appelle son frère à la rescousse, Viens voir Joseph, et me suit à l'étage où j'ai décidé de décrocher un nu dont Adrien a hérité avec la maison. Autant éviter de choquer dès la première location et de s'attirer les commentaires désobligeants d'hôtes pudibonds. Victoire, qui sait combien son père tient à ce monsieur tout nu, s'affole : Joseph, viens vite, maman déshabille les murs maintenant ! Les éclairs que dardent les yeux de ma fille et le Mais qu'est-ce que tu fabriques, maman ? que lâche mon fils du haut de l'escalier et de ses 7 ans, en singeant délibérément le ton excédé que je prends pour couper court à ses lubies, me dissuadent de les embobiner. Non, non, nous n'allons pas déménager. J'explique que nous avons décidé de louer la maison puis me lance dans un exposé laborieux sur le fonctionnement de Airbnb qui, à ma grande surprise, n'effraie pas plus que ça les enfants, les convainc au contraire de participer à l'opération, et, ô miracle, de ranger leurs propres affaires sans même que je le leur suggère. Chacun s'en retourne dans sa chambre pour trier poupées, Lego et chevaliers, Parce que n'importe qui pourrait jouer avec, maman ! Oui, ma chérie, n'importe qui, faut pas être grande pour comprendre. Les Kapla, ça ne craint rien, décrète Victoire en m'apportant ses figurines Naruto et sa veilleuse en forme de champignon doré, tandis que Joseph empile ses mangas puis les vieux albums de Tintin hérités de son grand-père, dans lesquels le fils d'un de nos copains avait eu le malheur de découper Milou et le Capitaine Haddock, profitant d'un moment d'inattention lors des prolongations d'un apéro improvisé. Victoire, 5 ans, qui a décidément parfaitement saisi l'enjeu de la situation, évoque

Boucle d'or : Et mon bol *Bichette*, alors, des gens boiront dedans ? Oui, autant le mettre à l'abri aussi. Reste maintenant à m'attaquer à la buanderie, au portemanteau et aux deux penderies. Exit les bottes trop petites, les vieilles jupes de tennis dans lesquelles je ne rentre plus, les doudounes démodées et les jeans troués que nous gardons pour une éventuelle pêche à la crevette que nous n'organisons jamais. Un tri s'impose aussi dans le linge de bain et la literie. Ces serviettes râpeuses et ces quelques draps troués que je garde pour dépanner me font honte tout à coup. Autant les jeter. Pourtant, aucune envie de mettre à disposition ma belle parure de lit, les couettes fétiches des enfants et les serviettes brodées que nous utilisons habituellement. Adrien a raison, mieux vaut racheter chez Ikéa housses, taies, serviettes, verres, couverts et assiettes nécessaires à la location. Onze cartons et sept sacs-poubelles plus tard, un drôle de sentiment m'étreint lorsque je m'assieds enfin. Il faudra rapporter à Lille mes deux lampes et trouver une solution pour camoufler le gros rond foncé qu'a laissé sur la console en bois la poire en céramique que j'ai retirée. Idem pour le mur du salon qui garde trace de la litho que j'ai aussi préféré enlever. La maison m'apparaît sous un nouveau jour à présent. Elle me semble plus nette, mais moins à moi, alors que je n'y ai encore fait entrer personne. Et moins charmante que sur les photos de l'annonce que nous avons mise en ligne. J'ai la sensation qu'elle a perdu sa personnalité. Vais-je perdre la mienne moi aussi en brocantant mes souvenirs ? Tout à coup je comprends qu'il faudra à l'avenir me contenter de cette maison trouée. Lorsque j'y reviendrai, je ne me vois pas déballer les cartons en arrivant le vendredi à minuit, sortir mes assiettes, mes cadres, mes bibelots, mes voiliers, les repositionner à leur place et refaire le tour de toutes les pièces pour les ranger le dimanche avant de rentrer à Lille. Soudain l'évidence me gifle : je vais devenir une résidente Airbnb moi aussi. Dans ma propre maison. J'ai l'étrange impression d'avoir vendu mon âme au diable alors que je ne la lui ai pas encore louée.

Ma mère ne s'est pas méfiée. Moi non plus, je l'admets. Je suis heureuse à l'idée de passer trois jours avec elle, me réjouis de la trouver en forme et si exaltée de fêter mon anniversaire, 23 ans déjà ! Je la revois me raconter, dès ma descente du train, la proposition que vient de lui faire Anaïs, en cette fameuse veille de Pentecôte. Son mari et elle venant beaucoup moins souvent qu'avant au Touquet, ils ont décidé de louer la maison sur Airbnb et de la lui confier puisqu'elle est sur place et qu'ils ont toute confiance en elle. Moyennant finance évidemment. Une proposition pareille, ça ne se refuse pas, Camille, s'enthousiasme ma mère. D'autant qu'il s'agit *tout simplement* de modifier régulièrement le code du boîtier que les locataires n'auront qu'à composer pour récupérer la clé, et de venir faire le ménage après chacun de leurs passages. J'ignore à l'époque que le danger se niche dans les adverbes. Je le sais maintenant. Ma mère n'aura qu'à procéder *comme d'habitude*, lui a expliqué Anaïs, avant de préciser qu'il faudra chaque fois vider le frigo, s'assurer de la propreté des bacs et des étagères, les laver si nécessaire, ne pas négliger le filtre du lave-vaisselle, le rincer ainsi que le panier à couverts, penser à passer l'éponge sur la porte intérieure quitte à le faire tourner à vide, briquer la douche et les robinetteries au vinaigre blanc ou à l'Antikal, donner un coup de chiffon dans les placards ainsi que sur la porte du sèche-linge, sans oublier d'en vider le réservoir. En écoutant maman lister ces tâches comme on récite une leçon, je me souviens avoir pensé que tout cela s'apparentait plus à un grand récurage qu'à un simple nettoyage, mais bon. Elle, cela ne l'impressionnait guère. Il en faut plus pour la décourager. Et puis les cent euros par mois que lui a promis Anaïs en plus de ses heures, et qu'elle n'a d'ailleurs jamais oublié de lui payer durant cinq ans, la motivent. Connaissant toutefois sa maniaquerie légendaire, ayant à cœur de lui plaire et craignant d'oublier une étape, maman s'était empressée de récupérer son sac qu'elle range toujours dans l'entrée afin de noter les instructions sur le petit carnet où elle consigne scrupuleusement les heures effectuées chez chacun de ses patrons. Anaïs avait salué son sérieux avant de l'interrompre d'un geste affectueux et de lui tendre une pochette plastifiée contenant le protocole détaillé, à suivre à la lettre, histoire de ne rien omettre. Tout devra être IMPECCABLE. Je me rappelle avoir trouvé ridicule cette précision et d'une vulgarité sans nom les lettres capitales qu'Anaïs avait jugé bon d'utiliser pour la mentionner en haut de page. À charge pour ma mère de :

- vérifier la netteté des alèses
- ne pas hésiter à les relaver
- préparer draps et serviettes si les clients le demandent
- remettre un rouleau neuf de papier-toilette
- disposer un tapis au pied de la douche et un autre devant la baignoire de la suite parentale
- changer l'éponge quand cela s'impose
- toujours veiller à disposer deux dosettes en évidence près de la machine à café
- laisser sous l'évier le kit de dépannage, composé d'un torchon propre, d'un sac-poubelle ainsi que d'une pastille pour le lave-vaisselle.

Anaïs a rangé de quoi constituer ce nécessaire à l'étage, dans son vieux coffre en bois vert, fermé par un cadenas acheté exprès pour l'occasion, dont elle a laissé ma mère choisir la combinaison à quatre chiffres. À charge pour elle de la mémoriser et bien sûr de ne la confier à personne. Maman a estimé préférable de la noter sur la dernière page de son carnet. Quand je l'ai feuilleté, l'autre soir, et que j'ai vu la combinaison inscrite juste en dessous de celle de la boîte à clés, une larme idiote m'a échappé. Pas parce qu'elle a choisi ma date de naissance. Mais parce qu'elle a griffonné ce 1801 au Bic bleu, d'une écriture nette, appliquée, et que cette calligraphie parfaite atteste à elle seule son implication, son souci de se montrer à la hauteur de la confiance qu'on lui fait. Il y a une dignité douloureuse dans ces quatre chiffres bien droits, à bonne distance les uns des autres. Ma mère a repassé sur le huit, je le devine au tracé légèrement plus épais de la double boucle. Aussi trivial soit-il, ce geste me vrille. Il trahit la dévotion de ma mère, toujours à l'entière disposition de ses patrons mais aussi la pression qu'ils lui collent tous. Tous sans exception, vous m'entendez ? N'allez pas croire qu'Anaïs vaut mieux que les autres. Pour ma part, je n'ai jamais été dupe. Ses marques d'attention, que ma mère a toujours prises pour de la générosité, ne visaient qu'à s'attacher sa fidélité. Grosse ficelle. Oh, je ne crois pas feinte l'affection qu'elle affichait. De toute façon, ma mère, tous ses employeurs l'adoraient. C'est le mot que certains, comme Anaïs, utilisaient, comprenez par là qu'ils ne pouvaient se passer de ses services. Si la sympathie de Madame a aveuglé ma mère, ainsi que la bouteille de champagne cravatée d'un ruban rouge qu'elle lui offrait à chaque fin d'année, accompagnée d'une carte lui souhaitant Joyeux Noël et lui demandant invariablement Que ferais-je sans vous ?, elle n'a jamais altéré ma clairvoyance. Je sais la fausseté des patrons, savamment dissimulée derrière des sourires en plastique que craquelle le mensonge, une étreinte en toc, une fois l'an, et de faux présents, qu'ils n'ont pas achetés le plus souvent, simplement reçus de leur CE ou d'une vieille tante qui ignore tout d'eux. Ils versent leur obole comme on tire sur une laisse et en vous payant croient vous posséder. Qu'Anaïs se protège derrière la réglementation de Airbnb, qu'elle refuse d'admettre sa part de responsabilité dans le drame ne change rien à l'affaire. Absolument rien. S'il y a une coupable dans toute cette histoire, c'est elle et sûrement pas ma mère. Anaïs et Adrien, son cher mari, sont les seuls et uniques responsables. J'entends bien le prouver. Sans sa maniaquerie à elle, sans son appât du gain à lui, sans leur déférence débile à tous les deux envers ce qu'ils appellent leurs aimables clients, comme s'ils dirigeaient un palace, sans leur prosternation ridicule devant le foutu système de notation des plateformes de location, rien ne serait arrivé. Vous m'entendez ? Rien.

Protocole, c'est le mot qu'Adrien emploie pour évoquer l'organisation que nous avons mise en place autour de la location. Il voulait que je l'écrive sur l'étiquette blanche de la couverture du lutin dans lequel j'ai glissé toutes les explications à propos de la maison. J'ai refusé. Il suffit que j'entende parler de protocole pour que m'assaillent les souvenirs de la terrible chimio de ma tante et que dans le même temps s'agitent dans ma tête baisemain, courbettes, gants blancs de maîtres d'hôtel en livrée et le fantôme de la reine d'Angleterre que nul n'avait le droit de toucher. À la place j'ai noté Vie mode d'emploi. Comprenne qui pourra. Au-delà des codes wifi, il nous a fallu réfléchir à toutes les précisions à donner. Certaines, fort simples, tombaient sous le sens et à l'image des volets (*appuyer sur la flèche du bas pour les descendre et sur celle du haut pour les remonter*) ou des radiateurs électriques (*sélectionner le mode auto (voyant vert) en appuyant quatre fois sur la touche puis tourner la roue pour régler la température, généralement à 4*). Pas compliqué non plus de décrire le fonctionnement du four (*appuyer sur* on *pour sélectionner le programme avec les flèches puis sur OK et augmenter la température avec les flèches*). Pour le lave-vaisselle, Adrien a proposé de prendre une photo des différents boutons, de l'imprimer, bonne idée, et de la glisser dans le cahier plastifié, histoire que tout soit bien clair (*Appuyer sur la touche marche, puis sur la touche auto et la flèche à côté du plus, puis start, cf. photo*). Tant de choses s'ajoutaient les unes après les autres que j'ai fini par créer un document Word que je complétais chaque fois qu'une idée nous venait. J'ai opté pour une présentation de la maison pièce par pièce. Comme il n'y a rien de plus désagréable, selon moi, que de chercher les ustensiles dans une cuisine que l'on ne connaît pas, j'ai mentionné l'emplacement des assiettes et saladiers (*dans le placard sous la plaque électrique*), des verres et des bols (*sous le four*), mais aussi des couverts, casseroles et poêles (*dans les trois tiroirs de l'îlot central*). J'ai pensé à indiquer que nous disposions d'un micro-ondes caché au-dessus du four (*merci de laisser la porte du placard ouverte lorsque vous l'utilisez*) mais pas du tout eu la présence d'esprit de signaler où se trouve le compteur électrique (*sur le mur de la buanderie, derrière les bacs noirs*). Je ne l'ai précisé qu'après une dizaine de séjours, lorsque des locataires nous ont appelés, un soir, paniqués, parce que les plombs avaient sauté. Il m'a semblé que les occupants apprécieraient de savoir que nous possédions deux sèche-cheveux, un sèche-linge et bien sûr une machine à laver (*avec un programme rapide de 15 minutes, parfait !*), ainsi qu'un fer et une planche à repasser pour les maniaques qui, comme moi, ne supportent pas de porter un t-shirt froissé l'été. J'ai noté que nous leur fournissions une baignoire pour bébé (*rangée dans la buanderie*) et une machine à café Nespresso (*dosettes à prévoir*). Nous avions hésité à laisser la plancha en inox, flambant neuve, que nous nous étions offerte conjointement pour notre fête des pères et des mères en nous marrant, drôle de cadeau, certes, mais commun, au moins. Comme il n'était pas question de la rapporter à Lille, nous avions finalement décidé d'y coller un post-it (*à utiliser avec précaution et à nettoyer après utilisation à l'aide du grattoir et du dégraissant prévus à cet effet*). Le nombre de mises en garde qu'il a fallu formuler histoire d'éviter tous désagréments m'a effarée. L'infinitif m'a paru moins agressif que l'impératif :

- veiller à bien refermer le réfrigérateur
- ne pas lâcher la porte du lave-vaisselle en l'ouvrant, la retenir doucement

- bien refermer la douche derrière vous afin que l'eau ne file pas sous la paroi
- ne pas ranger vos vêtements dans la petite commode en marbre, très fragile.

J'ai hésité à alerter du danger que présente l'escalier pour les enfants en bas âge. N'allais-je pas effrayer les parents ? Un Attention suffirait, la peur n'évite pas le danger. Aucun problème à parler des poubelles, merci de sortir la vert foncé le lundi et la jaune le mercredi. En revanche préciser qu'il ne fallait rien jeter dans le sanibroyeur de l'étage (*pas même le papier*) m'a embarrassée. Du coup j'ai voulu justifier l'interdiction en indiquant que l'évacuation du haut n'est pas optimale mais cela m'a conduite à conseiller de *privilégier les toilettes du bas pour*. Pour quoi ? J'ai eu du mal à finir ma phrase, j'ai envisagé un quart de seconde *la grosse commission*, mon Dieu quelle affreuse expression, avant de me résoudre à passer sous silence la finalité. J'ai ajouté qu'il valait mieux utiliser la petite touche de la chasse d'eau (*qui donne en fait accès au plus grand volume d'eau*). Adrien a décrété que c'était typiquement le genre d'information auquel on ne pensait plus dans le feu de l'action, qu'il ne fallait donc pas se contenter de l'indiquer dans le lutin, mais l'afficher également dans la salle de bain. Du coup j'ai été bonne pour rédiger un message sur un petit papier blanc, que j'ai d'abord fixé sur l'abattant de la cuvette avant de constater que personne ne le remarquerait s'il était relevé et qu'il convenait donc de le positionner sur le carrelage mural, où bien sûr le scotch tenait mal. Je n'avais pas réalisé que nous avions pris toutes ces habitudes malgré nous, cherché tant de biais pour compenser les déficiences de la maison, ses usures indécelables à l'œil nu comme sur les photos de notre annonce, mais qui ne manqueraient pas d'agacer les locataires. Alors pour leur rendre le séjour agréable, et peut-être me faire pardonner, j'ai jugé sympathique de lister les activités sportives, donner des itinéraires de promenades à pied ou à vélo, des idées de visites en cas de mauvais temps, le musée de la Pêche à Étaples, et plus loin le grand aquarium du Centre national de la mer Nausicaa à Boulogne. J'ai glissé dans le lutin une carte postale de la boutique Le Chat bleu qui réjouira les accros du chocolat, noté les jours du marché couvert rue Jean-Monnet, lundi, jeudi et samedi pendant l'été, jeudi et samedi durant l'année, ainsi que l'adresse de l'office de tourisme, avenue du Verger, celle des restaurants que l'on aime, La brasserie des Sports, l'Éphémère, et celle des commerçants de la rue de Metz chez qui j'ai mes habitudes. J'ai créé un coin des gourmands à la façon des guides sous forme de questions,

Où acheter du poisson ? Où déguster un plateau de fruits de mer ? Où manger une crêpe ? Où s'offrir une glace ? Où déjeuner les pieds dans le sable ? Où danser ? Au départ j'avais laissé à disposition produits ménagers, sel, poivre, huile d'olive, vinaigres de cidre et balsamique, mais Adrien a tenu à préciser Sacs poubelles de 30 litres à prévoir, Merci d'utiliser votre lessive et votre vinaigrette personnelle. D'accord pour dépanner, m'a-t-il lancé, mais pas plus. Nous n'allions pas payer pour laver le linge sale de toutes les familles qui vivraient sous notre toit, OK, en revanche pourquoi ne pas leur offrir une bouteille de rosé en guise d'accueil ? Cela me semblait gentil. Adrien en a convenu, cela ne ferait pas de mal pour la note non plus. Au final, le cahier plastifié comprend une vingtaine de pages. Une fois notre Vie mode d'emploi prête, il a fallu traduire en anglais chacune des rubriques, comme nous l'avions fait pour l'annonce, dans l'espoir d'attirer ceux qui profitent du tunnel sous la Manche pour venir jouer au golf au Touquet. Se garer/To park, Clé à votre arrivée/Key on arrival, Ramassage des ordures/Rubbish collection, Draps à apporter/Sheets to bring, cela m'a pris un certain temps malgré l'aide de Google Trad. Aujourd'hui avec Chap GPT j'aurais mis moins longtemps. La première demande de location nous est parvenue dès le lendemain de la mise en ligne de l'annonce. Comme tombée du ciel. Adrien n'en revenait pas. Un vrai gamin, totalement surexcité. Noël, le 25 mai. D'autres demandes ont afflué si vite qu'il a trouvé cela suspect. Étions-nous sûrs d'avoir loué la maison au juste prix ? Non, ai-je conclu après avoir consulté la carte du quartier fournie par Airbnb. Nous étions 30 à 50 euros moins cher par jour que nos voisins. Tu m'étonnes qu'on reçoive autant de demandes, s'est exclamé Adrien, dépité soudain, avant de décréter qu'il fallait remonter illico presto notre tarif. J'ai accepté, dit OK, modifié l'annonce et ri quand il a envisagé de proposer un prix d'ami aux copains à qui on avait jusqu'à présent prêté la maison. Et les Thibaut, on la leur laisse à combien ? Et ton beau-frère, chirurgien ? On ne va quand même pas la louer à ma sœur ! Il a souri dans un haussement d'épaules.

Peu importe le nom, Airbnb, Booking, Abritel, Homelydays, Hometogo, Housetrip, 9flats, Gensdeconfiance, Locat'me, Loc Service, PAP ou Wizi, même combat. La loc', l'organisation, le deal, le business, appelez ça comme vous voulez, en français ou en anglais, tout repose sur les épaules de femmes de ménage comme ma mère, qui se tuent à la tâche et en silence s'il vous plaît, dos ployé et bouche fermée, pour faire disparaître inlassablement, séjour après séjour, les traces d'occupants qui se suivent et se ressemblent si l'on en juge par l'état dans lequel ils laissent les maisons et les appartements où ils ne font de toute façon que passer. Et si les deux pièces avec balcon ou les pavillons près de l'océan ne sont pas *impeccables*, si jamais une toile d'araignée au-dessus de la porte d'entrée, si jamais une miette sur le plan de travail, si jamais un grain de sable sur le canapé, si jamais une poussière dans l'escalier, si jamais, malheur ! Les locataires s'en plaindront et châtieront les fiers propriétaires. Ils déposeront sous leur profil Airbnb, Abritel, Homelydays ou Gensdeconfiance une évaluation mitigée dont ils ne pourront se débarrasser. Ou pire un commentaire négatif qui collera à leur peau de proprio, opprobre écarlate, ineffaçable, qui ruinera leur réputation et leurs perspectives de location. Elles sont filantes, les étoiles du système de notation, il ne faut pas croire. Surtout celles attribuées à la propreté. Anaïs en avait parfaitement conscience lorsqu'elle a embarqué ma mère dans cette galère il y a cinq ans, et aujourd'hui encore elle le sait pertinemment : si sa maison s'arrache en août, plusieurs semaines durant les vacances scolaires, et de nombreux week-ends aux beaux jours, c'est parce qu'elle affiche le chiffre maximum dans toutes les catégories de notation. Cinq étoiles pour la propreté, cinq étoiles pour la précision, cinq étoiles pour l'arrivée, cinq étoiles pour la communication, cinq étoiles pour l'emplacement, cinq étoiles pour le rapport qualité-prix. Maman n'y est pour rien évidemment concernant l'attractivité du tarif et la localisation. Mais la *jolie maison moderne de 130 mètres carrés sur deux niveaux* dont s'enorgueillissent Adrien et Anaïs a beau être *parfaitement placée, dans le quartier calme de Quentovic, à 300 mètres de la mer, côté Canche et 5 minutes à pied de la rue Saint-Jean, avec tous commerces à prox.*, j'aime autant vous dire qu'elle n'aurait pas reçu le coup de cœur voyageur et qu'elle ne trouverait pas aussi aisément preneur si elle n'était pas nickel. Si elle n'était pas parfaitement entretenue, Stéphane, Rouen, n'aurait pas lâché un laconique mais enthousiaste *top !*, Albane, Lille, n'aurait pas passé un *séjour de rêve !*, Sandrine, Créteil, ne se féliciterait pas de *ce logement lumineux et impeccable*, Julie, Bordeaux, ne s'extasierait pas sur *le calme de ce ravissant endroit qui jouit de chambres agréables, idéal pour des vacances*, Laurie, Arras, ne vanterait pas *le charme de ce cocon rutilant*, Nicoul, Saint-Omer, ne soulignerait pas *la qualité irréprochable de la literie*, Marion, Clermont-Ferrand, ne recommanderait pas *ce logement sympa aussi soigné que confortable où l'on se sent bien*, et Emma, Versailles, n'inviterait pas à *y aller les yeux fermés*. Je m'arrête là, mais des commentaires élogieux de ce type, le profil Airbnb d'Adrien et Anaïs en compte très exactement 217 au moment où j'écris ces lignes. Leur mérite revient à ma mère. Avant de prendre les photos de l'annonce, Anaïs lui avait réclamé un *coup de main* pour déplacer la table basse, retaper le canapé, disposer les coussins avec soin, et les demandes de location n'avaient pas tardé à arriver. C'est grâce à vous, Sylvie, vous êtes une vraie fée du logis, répétait Anaïs à l'envi.

Je me suis souvent demandé si les flatteries dont elle couvrait ma mère visaient à la féliciter ou à la ficeler. Les deux sans doute. J'y ai toujours vu une façon détournée de la maintenir sous pression, de la forcer à garder l'échine courbée, le front baissé et le regard fixé sur ses chiffonnettes, sa serpillière et son balai.

Le document destiné à Sylvie est bien plus succinct que *La vie mode d'emploi.* Deux pages seulement. J'étais pourtant affreusement gênée en le lui remettant. Ne vous méprenez pas, l'avais-je rassurée. Il ne s'agissait pas, mais alors pas du tout, de lui expliquer ce qu'elle savait déjà ni de lui décrire ce qu'elle faisait parfaitement depuis toujours dans cette maison. Juste de respecter les exigences d'Airbnb, qui n'ont rien à envier à celles de l'hôtellerie. J'avais rédigé mes recommandations sur le mode infinitif une fois encore, avec un merci à chaque début de phrase pour les adoucir. Il pouvait s'agir de simples rappels du style *merci de penser à aspirer les étagères à chaussures de la buanderie toujours pleines de sable* mais aussi des listes de tâches que je n'avais jamais confiées à Sylvie jusqu'à présent parce que je m'en chargeais, jeter les capsules usagées de la cafetière Nespresso, vider l'eau du réservoir du sèche-linge dans le lavabo ou encore nettoyer le filtre où les peluches se logent et s'accumulent jusqu'à former un rectangle compact et duveteux que j'ai toujours éprouvé une certaine satisfaction à tenir entre les doigts. Figurait également toute une série de corvées naguère occasionnelles, dont il s'agissait de s'acquitter désormais avant l'arrivée de chaque nouveau locataire : décrasser le four, le micro-ondes ou passer l'éponge sur la porte intérieure du lave-vaisselle (+ *merci de le vider si nécessaire*). Nous avions passé en revue toutes les deux les premières vérifications à effectuer après le départ des locataires puisque c'est d'elles que dépendrait le commentaire que je devais laisser moi aussi sur Airbnb. Sylvie était d'accord pour inspecter chaque pièce, s'assurer que rien n'avait été endommagé, vérifier la propreté des fauteuils, des alèses, les relaver tout de suite afin d'avoir le temps de les faire sécher puis les remettre avant de partir. Au début nous étions convenues qu'elle m'appelle après chaque état des lieux, cela nous rassurait l'une et l'autre. Et puis l'habitude venant, Sylvie m'envoyait juste un SMS pour m'indiquer qu'il n'y avait aucun souci. Son message, de plus en plus laconique au fil du temps, avait fini par se transformer en un sempiternel RAS Bonne journée. Elle ne me téléphonait qu'en cas de problème et nous n'en avons rencontré aucun les premiers mois, la chance du débutant, sans doute. La deuxième année, en revanche, nous les avons cumulés. J'en étais malade de devoir solliciter Sylvie pour régler des imprévus plus inimaginables les uns que les autres. Il y a eu cette fois où elle a retrouvé le canapé couvert de poils dont elle a mis un temps fou à se débarrasser, alors que nous n'avions pas coché la case Animaux acceptés (même si le règlement intérieur d'Airbnb stipule désormais que nous devons *tout de même faire le nécessaire dans la mesure du raisonnable pour accueillir les animaux d'assistance*). Comme les occupants juraient n'avoir ni chat ni chien, j'ai demandé à Sylvie de mener l'enquête auprès des voisins si elle le voulait bien, et bien sûr qu'elle le voulait bien ; elle a même eu l'idée de passer en revue le contenu des poubelles, espérant y dénicher des boîtes de Canigou ou de Whiskas, mais non, rien. Alors, faute de preuve, nous avions laissé tomber. Je me souviens aussi d'un week-end de février, où nous avions loué pour l'Enduro, ce cross sur la plage auquel participent des milliers de motards et de spectateurs qui, à la nuit tombée, slaloment, ivres morts, entre les bouteilles de bière abandonnées dans les rues du Touquet. Sylvie avait découvert l'abattant des toilettes fracassé comme à coups de marteau. Mais que diable s'est-il passé ? nous étions-nous demandé, elle et moi, évoquant les causes les plus probables, supputant qu'un enfant se serait juché dessus pour atteindre l'étagère, avant d'imaginer en gloussant quelques scènes osées, voire classées X. Le locataire ne nous avait pas éclairées mais avait accepté de rembourser la pièce qu'Adrien a pu racheter à l'identique grâce à la photo prise par Sylvie. Nous avions décidé de venir l'installer le samedi suivant. Aucune loc' de prévue, nous en profiterions donc pour prendre l'air et passer un bon moment tous les quatre dans cette maison, où nous n'étions pas allés depuis des lustres. Enfin c'est ce que je me rappelle avoir dit à Sylvie qui se désolait de tant d'embarras. En fait, le week-end fut épuisant. En me levant le samedi matin, je m'étais affolée de ne trouver les enfants ni dans leur chambre ni dans la buanderie où ils adoraient se cacher. Je les avais découverts au fond de la cour, accroupis dans la haie, pieds nus et en pyjama par zéro degré. Loupe rouge en main, mains et genoux noirs de terre, Joseph s'évertuait à chercher des traces de cambrioleurs, que sa sœur s'appliquait à photographier avec le miroir de sa poupée. J'avais fini par comprendre leur méprise, Mais non, voyons, personne ne vous a volé vos jouets, nous les avons rangés aux dernières vacances pour éviter que les locataires ne les abîment. Ah, oui, c'est vrai ! Soulagés, les petits avaient exigé que je leur rende leurs affaires. *Sur-le-champ*, avait crié

Victoire, fière de réutiliser une expression de son père. J'avais tenté d'expliquer que nous repartions déjà le lendemain et que deux jours c'était beaucoup trop court pour ressortir des placards les plastiques où j'avais tout soigneusement empaqueté. Victoire n'avait qu'à jouer avec ses Kapla ou aider Joseph à commencer le puzzle One Piece que j'avais apporté de Lille exprès. Adrien avait jugé l'idée excellente et proposé qu'ils s'y mettent tous les trois. Hélas, les gamins n'avaient rien voulu entendre, Allez, maman, s'il te plaît, m'avaient-ils tannée, Allez, quand même, c'est nos jouets, répétaient-ils tour à tour puis en duo, Allez, maman, s'il te plaît, jusqu'à ce que je cède et évidemment j'avais fini par céder. Épuisée par ma semaine de boulot, tous mes projets à rendre, je ne rêvais que d'une chose, me poser sur le transat de cette terrasse où le soleil tournait déjà. J'avais donc récupéré en maugréant les clés de cadenas du placard du haut, où j'avais collé une étiquette arborant la mention Privé ainsi qu'un panneau stop censé repousser les locataires indiscrets, puis j'avais attrapé l'escabeau au sommet duquel j'avais passé une bonne partie du samedi après-midi. Au départ j'avais dit OK pour descendre un jeu chacun. Victoire avait opté pour les chevaliers et Joseph pour les mangas, mais évidemment la liste s'était allongée très vite. Au bout d'une heure à peine, l'une avait réclamé sa poupée, l'autre ses Tintin et finalement j'avais aussi ressorti les Lego, les Playmobil et les figurines Naruto, autant de trésors savamment dispersés dans cinq compactors différents. Après le dîner, il avait fallu se mettre en quête du champignon doré, lui seul capable de chasser les monstres. Une fois les enfants couchés, meilleur moment de la journée, Adrien avait proposé de regarder un film. Gelés sur le canapé, mais plus à une expédition près. J'étais donc remontée sur mon escabeau à 22 heures passées, dans l'espoir de mettre la main sur le plaid, et la bouillotte aussi tant qu'à faire. Le lendemain rebelote, il avait fallu tout remballer, les chevaliers, les Playmobil, les mangas, la poupée, les Tintin, les Lego, les figurines Naruto, le champignon doré, le plaid, la bouillotte, ainsi que nos serviettes de toilette et nos housses de couette, car nous avions dû défaire les trois lits, puis les refaire avec les draps destinés aux locataires. Sans compter les deux heures de ménage que je m'étais coltinées. Tu parles d'un week-end. J'avais décidé de ne pas faire appel à Sylvie, moins par grandeur d'âme que par radinerie, je l'admets. Puisque nous passions à peine quarante-huit heures dans la maison, nous ne la salirions pas, pensai-je. Un petit coup vite fait suffirait, et cela ferait toujours 50 euros d'économisés. J'avais réalisé, piteuse, que le temps passé sur place, quarante-huit heures ou une semaine ne change rien à l'affaire quand il faut louer derrière. Deux ou dix repas, quatre ou vingt-cinq douches, qu'importe, sale ou très sale, il faut toujours laver.

Anaïs textotait ma mère comme on siffle un chien. Un SMS lapidaire suffisait. 19 août 14 h, OK ? Maman rappliquait ventre à terre après chaque départ et avait juste le temps de déguerpir avant l'arrivée des locataires suivants. La boîte à clés leur permettait de s'installer quand cela leur chantait. Je la revois m'expliquer cette prétendue bonne nouvelle, pas besoin de poireauter, et je l'entends encore citer Anaïs sur ce ton réjoui, dépourvu d'ironie qui a toujours été le sien : « En plus nul besoin de jouer les réceptionnistes. » Ben voyons. Le pauvre apprêt de cette phrase, son pompeux dédain, le mépris bien planqué sous son vernis. Invisibles, les femmes de chambre, les employées de maison, les domestiques, effacez l'historique. Grattez, gommez, grimez, à l'heure de la 5G, la bonne à tout faire doit nettoyer la merde des maîtres sans jamais se montrer, se fondre dans l'ombre de ces porcs sans moufter, rester indétectable, parfaitement insoupçonnable.

Et donc interchangeable. Je ne me suis pas privée d'en profiter lorsque maman a été clouée au lit par une méchante grippe, il y a quelques années. Elle avait toujours refusé que je l'aide, même quand je l'accompagnais chez des clients, petite, toujours préféré que je dessine ou fasse mes devoirs, C'est bien plus important, Camille. Mais ce matin-là, elle a cédé, car impossible de se lever. C'était un samedi de chassé-croisé, un jour de départ et d'arrivée. La tuile. J'étais là pour les vacances, Alors t'en fais pas, j'y vais. J'ai rassuré ma mère, récupéré le protocole, sauté dans sa voiture et tout donné pour réaliser les foutus infinitifs imaginés par sa chère patronne. 14 heures, se garer. Pousser le portail, avancer dans la cour pavée jusqu'au premier poteau de l'abri vélos, baisser le rideau du boîtier, tourner les quatre rangées de chiffres de 1 à 9, composer le code secret 5700, puis appuyer sur le bouton noir fixé sur le côté pour déverrouiller la trappe et récupérer la clé. Ouvrir la porte, poser sac et blouson dans la buanderie, enlever mes baskets, oui oui maman t'inquiète, puis croiser les doigts, prier mentalement sainte Zita comme je sais qu'elle le fait toujours pour ne pas trouver la maison en bordel. État des lieux rapide, histoire de. Coup d'œil circulaire dans la cuisine, ça va, radiateur du salon allumé à fond, ben voyons. Rien de cassé nulle part, déjà ça. S'armer de courage. Maman a dit, Commence par sortir TOUS les produits. Gants, éponge, chiffons microfibres, Lacroix, Javel, vinaigre blanc, produit vitre, plumeau, balai, aspi, serpi, parée. Non mais quel attirail ! La cuisine en premier. Collante à souhait. Du gras partout. Désarmer le pistolet de Lacroix, vaporiser l'îlot central, frotter. Vaporiser le plan de travail, frotter. Vaporiser la crédence, frotter. Spontex sur la chaise bébé pour curer la carotte qui macule les billes roses et bleues du boulier, le petit-suisse collé à la tablette et la purée verte incrustée entre les barreaux. Les gens ne nettoient donc pas après le repas de leurs marmots ? Remarque, après le leur non plus, visiblement. La vaisselle de leur dernier petit déj' traîne dans l'évier alors que le foutu protocole de fin de séjour stipule bien de la faire avant de partir. Trop fatigant, j'imagine. Tant de précautions pour *ne surtout pas rayer* la plaque à induction, je rêve. Spontex trop agressif, troquons-le contre le chiffon. Spray vitrocéramique puis racloir, lame bien à plat, gratter jusqu'à décoller les graisses brûlées, encore gratter, c'est bon. Micro-ondes maintenant, de la sauce tomate explosée partout, j'espère qu'elles étaient bonnes au moins, ces pâtes. Pschitt de Lacroix sur la porte vitrée du four, OK, mais Décapfour à l'intérieur. Ils devraient écrire encore plus petit.

Mousse active sans soude caustique, encore heureux. *Bien agiter avant et pendant emploi*, *Sur four tiède*, non, *Sur four froid*, oui c'est ça. *Vaporiser verticalement à 20 cm de la surface à nettoyer*, se décaler, *Laisser agir au moins 30 minutes*, OK. Ça pue, et ça pique en plus ! Fermer les yeux, plus respirer, laisser agir, OK. Frigo désert, tant mieux. Un bail que j'ai pas nettoyé le mien. Essuyer les clayettes, rincer le bac à légumes, jeter la bouteille de lait, l'oignon germé, le morceau de beurre égaré, mais garder le ketchup et la béarnaise à peine entamés. Neuf lignes de précisions pour le lave-vaisselle, ben voyons. D'abord le vider, évidemment ☑, sécher les boîtes en plastique, toujours trempées pourquoi ? ☑, réordonner le placard, assiettes à gauche, bols et tasses à droite ☑, remettre du liquide de rinçage ☑, passer le filtre sous l'eau ☑, dévisser le bouchon du bac à sel ☑, en rajouter, presque tout le paquet y passe ☑, revisser le bouchon ☑, récupérer la nourriture prisonnière dans le panier à couverts, sacrée collec' de coquillettes en effet, Anaïs pense à tout décidément ☑, et astiquer la porte avant de la fermer ☑, ça n'en finit donc jamais. Briquer la bouilloire chromée avec le chiffon microfibres, *faut que ça brille*, puis la machine à café qui elle aussi doit rutiler, jeter les capsules usagées, rincer le bac et le réservoir, les essuyer, les remettre en place, retirer le plateau ramasse-miettes du grille-pain puis secouer l'appareil au-dessus de la poubelle, déloger le morceau de croissant bloqué entre les grilles à l'aide d'un couteau, non avec les ciseaux, plus facile, secouer encore, ça y est. Cuisine astiquée ☑. Allez, les sols maintenant. Brancher l'aspirateur, fixer la brossette pour aspirer le long des plinthes, déplacer les quatre tabourets, remettre la tête large de l'aspirateur, insister sous l'îlot central, replacer les tabourets. Côté poussières, ma mère trouve que ça va nettement plus vite depuis qu'Anaïs a retiré ses bibelots de crainte que les locataires ne les abîment, je la crois. De sa collection de bateaux, jonques, caravelles, voiliers et autres chalutiers, il ne reste que le grand plateau sur lequel ils voguaient naguère. Plumeau sur la table basse et le gros abat-jour beige où les araignées tendent sans vergogne leurs filets. Il ne faut guère plus de deux minutes pour aspirer les fauteuils, mais pas loin de dix pour dessabler le canapé dont il convient de retirer un à un les coussins de l'assise et du dossier ☑ puis de les *tapoter* pour leur redonner du gonflant ☑ avant de les replacer ☑. Ne surtout pas oublier de passer l'aspirateur sous le canapé. Anaïs y a glissé le transat où je l'imagine se prélasser, ainsi qu'un billard miniature, qui ne doit servir aux enfants que deux fois l'an.

Pas sûre qu'ils jouent plus souvent avec les puzzles, le Monopoly, le Cluedo et tous ces *jeux de société à disposition de chacun à condition de s'en servir avec soin.* Changer les draps du lit superposé. Grimper à l'échelle, s'écraser les seins contre la barrière de sécurité, soulever le matelas, s'y reprendre à trois fois pour border la couette, un calvaire. *Classer les BD et les J'aime lire dans la bibliothèque*, non faut pas pousser. Rassembler Kapla, dînettes et dinosaures dans les trois boîtes à roulettes attitrées, OK mais peu importe lesquelles pourvu qu'elles puissent fermer. Les locataires ne sont-ils pas censés au moins ranger ? Déjà deux heures et demie de passées. Reste encore la salle de bain avant d'attaquer l'étage. Javel dans les toilettes, ah bon, je croyais que ce n'était pas écolo. Stop ! Besoin d'un élastique pour attacher mes cheveux. Aucune envie qu'ils trempent dans les chiottes en récurant leurs crottes. Se pencher sur la lunette, face à la cuvette, bien obligée, mais décaler la tête sur le côté pour parer la giclée. Chier chic ne change rien, faudrait lui dire à Anaïs. La boîte en acier qu'elle a dû payer la peau du cul pour dissimuler sa brosse ne l'empêche pas de projeter des déjections dégueulasses, toutes ces gouttes de pisse et de merde mêlées, quand elle gratte et que ses poils durs frottent, frottent l'émail. Envie de gerber. Asperger de vinaigre le mitigeur de la douche *qui peine à tourner au-delà de 37 degrés à cause du calcaire*, et pourquoi pas de l'huile d'olive pendant qu'on y est ? Idem sur la porte vitrée, jamais impeccable, dixit ma mère, si on ne la termine pas à la raclette. Agrégat dégoûtant de calcaire et cheveux sous la grille du receveur. Produit vitre sur le miroir dans lequel maman doit éviter de regarder ses cernes bleutés. Pause clope bien méritée avant la suite. La suite parentale, comme ils disent. Matez-moi ce lit king size qui trône au milieu de la chambre. On ne se refuse rien, dites donc, les Lillois. Matelas ultra-moelleux, testé et approuvé, trop tentant de s'y laisser tomber. Oh pas méchant, ça va. Allez du nerf. Aspirer l'escalier, marche après marche, en commençant par le haut ☑. Aspirer le plancher de la chambre ☑, en baissant la tête pour ne pas se cogner sous les combles, Madame aurait pu le préciser ça, tant qu'à faire. Vider la poubelle ☑, Lacroix dans la baignoire, frotter, rincer ☑. Vinaigre sur le pommeau de douche ☑, le mitigeur ☑, la bonde ☑ et les robinets du lavabo ☑, *faut que ça brille*, on a compris. Javel dans les chiottes même si, et rebelote, frotte, frotte, frotte. Redescendre, remplir le seau d'eau chaude, bouillante tu veux dire !, puis ajouter un bouchon de Mr. Propre. Non mais d'où il sort ce gars ? Quelqu'un m'explique pourquoi représenter un homme sur une bouteille de nettoyant alors que depuis la nuit des temps, depuis les silex et les premiers feux de camp, ce sont les femmes qui font le ménage ? Pour leur donner du cœur à l'ouvrage, ma chérie, me répondrait ma mère. Ah bon, croit-on vraiment que ses yeux bleus, sa boucle à l'oreille gauche, son sourire béat et sa boule à zéro vont réjouir ces dames ? Qui diable s'est imaginé que la contemplation de biscotos moulés dans un t-shirt blanc immaculé motiverait les bonniches du monde entier ? Tais-toi et lave. Serpillière dans le salon, puis dans la cuisine, les chambres et la salle de bain du bas. Gratter à l'ongle ce morceau de chocolat écrasé. Adieu la manucure, tu m'étonnes que maman ne mette jamais de vernis. Rincer encore une fois la serpi. Dernière tournée de Mr. Propre pour Madame. Serpillière dans la suite parentale, à la main dans l'escalier. Courbée, marche après marche de haut en bas, descendre en reculant sans tomber. Qu'on ne me demande pas pourquoi ma mère a mal au dos. Déjà sec dans la cuisine. Vider le seau, ranger TOUS les produits dans la buanderie, vinaigre, Javel, Lacroix, plumeau, balai, serpi. Jeter le sac poubelle ☑, ne pas oublier d'en remettre un nouveau ☑. Finiii ! Ah non, putain, le Décapfour, reste à *rincer abondamment avec une éponge humide.* Voilà, ça ira ☑. Plus qu'à remettre un rouleau de papier-toilette ☑ et un tapis propre ☑ dans chaque salle de bain, du Sopalin en cuisine ☑, deux dosettes de café ☑, une pastille de lave-vaisselle ☑ et un torchon ☑. Embarquer torchon, tapis sales et chiffons pour que maman les lave chez elle. Ouf, claquer la porte, remettre la clé dans le boîtier, c'est vrai qu'il ferme mal, pousser le portail, allumer le contact. Mission accomplie. En cinq heures vingt, arrondissons à trente. Bientôt 18 heures, les prochains locataires ne vont pas tarder. Ni vue ni connue, démarrer.

Mais à quoi sert ta femme de ménage si tu te démènes au Touquet autant qu'à Lille, à nettoyer du propre ? s'est souvent étonné Adrien. Sylvie a beau savoir tout faire, je ne l'ai jamais prise pour ma bonne. J'ai toujours demandé aux enfants de ranger leur chambre le jour de sa venue, me faisais un point d'honneur de vérifier la netteté des toilettes et de ramasser les jouets et les vêtements qu'Adrien et les petits essaiment dans toute la maison, mais comment font-ils pour en mettre partout comme ça, au Touquet et à Lille c'est pareil. Une fois j'ai voulu évaluer le temps perdu en corvées, toutes ces minutes envolées, volées, tout court. J'ai démarré la fonction chronomètre de mon téléphone au moment de commencer le rangement et ne l'ai éteint qu'une fois la maison ordonnée, le lave-vaisselle vidé et une lessive lancée. Le résultat m'a tuée. Le compteur affichait deux chiffres, deux quatre : 44 minutes ! Quarante-quatre minutes dévorées chaque jour par le monstre domestique, sans compter les heures de ménage, ça me rend dingue. Adrien me traite de maniaque, mais personnellement, je ne vois rien d'anormal à trouver qu'un pyjama n'a rien à faire au beau milieu du salon, et puis, pardon, vivre dans la pagaille, je ne peux pas, je ne peux plus depuis que je travaille à la maison. Jusqu'à la naissance de Victoire, je claquais la porte tous les matins à 8 heures pour rejoindre l'agence de graphisme où je bossais, alors évidemment le lit pas fait et la vaisselle dans l'évier me dérangeaient beaucoup moins. Disons que j'ai toujours eu envers Sylvie le respect que j'exige d'un mari. Si je ne m'y collais pas aussi au Touquet, elle perdrait trois quarts d'heure avant de sortir l'aspirateur. J'ai toujours estimé qu'elle était là pour m'aider, pas pour me remplacer. Il y a d'ailleurs des tas de choses que je me suis abstenue de lui confier pendant des années. Il ne me serait jamais venu à l'idée de lui demander de changer mes draps. Déjà, je ne suis pas tout à fait à l'aise lorsque Victoire et Joseph se glissent dans notre lit le dimanche matin alors que nous venons de faire l'amour... Alors que Sylvie y découvre alvéoles et taches, toutes ces traces suspectes qui lui permettraient de tenir le journal de notre vie sexuelle qui n'a rien de débridé, mais tout de même, ou au contraire qu'elle s'étonne de leur blancheur immaculée, et s'interroge presque malgré elle, Depuis quand ne l'ont-ils pas fait ? oh là là, j'en serais mortifiée. Évidemment, Sylvie n'est pas parfaite. Elle a des défauts comme tout le monde, et quelques petits travers qui m'exaspèrent. Par exemple lorsque je suis au téléphone avec une amie, je sais pertinemment qu'elle écoute tout ce que je dis puisqu'elle ne peut pas s'empêcher de poursuivre la conversation une fois que j'ai raccroché, du style Ah bon, vous n'avez pas aimé ce film, je dirai à Camille que ce n'est pas la peine d'aller le voir, alors. Les enfants détestent qu'elle déplace leurs affaires, décide de ranger la dînette ou leurs scoubidous dans un endroit qu'elle juge plus adapté mais où on ne les retrouve jamais, en revanche ils adorent sa façon de faire les lits au cordeau, couette sans un pli, tirée jusqu'en haut. Petit, Joseph s'enchantait de la fantaisie avec laquelle elle ordonnait sa ménagerie et adorait la disposer avec elle, classant et reclassant ses peluches par couleurs, familles ou affinités, lapins et ours allongés sur l'oreiller, mais panthères et chiens aux aguets. C'est cet art qui a d'ailleurs convaincu Adrien d'améliorer notre offre Airbnb, en proposant aux locataires de leur fournir un jeu de draps et serviettes de toilette pour 100 euros la semaine. Sylvie n'aurait qu'à les relaver tandis qu'elle ferait le ménage puis à les emporter chez elle, une fois secs, pour les repasser.

Il pensait qu'elle n'y verrait guère d'inconvénient et effectivement cela ne lui avait posé aucun souci. À l'entendre, le linge se défroissait tout seul devant la télé. On peut toujours compter sur elle, pourtant quand elle casse quelque chose, elle ne me prévient jamais et ça m'agace. Elle se contente chaque fois de déposer la partie qu'elle a brisée, anse de carafe ou mât de voilier, juste à côté de l'objet, comme si de rien n'était. Elle a aussi des marottes, astique façon geek, peut me vanter pendant des heures les bienfaits d'un *nouveau minou microfibre* ou d'une *serpi dernier cri* dont elle a vu la pub à la télé. Ça me fatigue mais ne m'empêche pas d'acheter ses produits préférés, le vinaigre blanc ménager à 14 degrés The Fabulous parfum citron de Starwax ou le Carolin spécial parquet moderne aux extraits d'huile de lin, dont elle verse un bouchon et demi par seau pour faire briller le plancher de l'étage et relaver au passage le carrelage du bas, qui n'en mourra pas. Un matin d'avril, elle a découvert que j'avais fini par commander le kit de lavage pour sols délicats Leifheit Set Clean Twist M Ergo, dont elle rêvait, qui promet un nettoyage sans effort, à une seule main, grâce à l'articulation pivotante à 360 degrés de son balai flexible, au bout duquel se fixe une housse *en microfibre bien sûr*, très absorbante et hyper facile à changer. Et puis, *cerise sur la serpi*, le système comprend une fonction stop rotation permettant de doser individuellement le niveau d'humidité souhaitée. J'étais sceptique, pourtant l'honnêteté m'oblige à avouer que j'apprécie moi aussi le manche télescopique de cette serpillière de compétition, qui se clipse à l'anse du seau ergonomique, évite de devoir se baisser et de se mouiller les mains. Eh ben, on ne se refuse rien ! s'était exclamé, Adrien, goguenard, avant de me demander combien *ce petit bijou* m'avait coûté. Je m'étais bien gardée de lui en révéler le prix (64,99 euros sur Amazon contre 89,99 euros sur le site du fabriquant). Les roulettes fixées sous le seau l'ont toujours fait marrer, sans pour autant lui donner envie de les tester. Cette option avait fait grimper l'addition, mais je l'avais choisie, tant qu'à faire plaisir à Sylvie.

Troisième acte

Je sais qu'il est grand temps que j'explique enfin ce qui s'est passé. Il devait être autour de 23 heures, ce soir-là. C'était un dimanche, je m'apprêtais à me coucher quand mon téléphone a sonné. Il y a un souci, ma chérie, a déclaré ma mère. Elle l'a annoncé d'emblée et j'ai eu peur. Des pétales jaunes ont voleté devant mes yeux ensommeillés, j'ai tout de suite compris, ce dimanche-là, que ce mot dans la bouche de ma mère n'était pas approprié, que c'était pour elle une façon de minimiser, et donc que quelque chose de grave était en train de se jouer. Ma mère veut toujours se faire légère, oui comme les pétales de ces fleurs qu'elle adore, ne pas peser, ne surtout pas m'encombrer. Elle ne m'aurait pas appelée un dimanche soir, si tard, pour un souci de rien du tout, elle aurait attendu le lundi matin, peut-être même l'heure de la cantine, pour être certaine de ne pas perturber mon travail, et encore, elle m'aurait d'abord dit bonjour puis m'aurait demandé si elle ne me dérangeait pas, aurait peut-être même insisté, t'es sûre ? Quelque chose en moi a donc immédiatement su, avant même de répondre, que ce souci, à cette heure-ci, n'était autre qu'un drame qui taisait son nom. Si *Maman* ne s'était pas affiché sur mon écran, jamais je n'aurais pu me douter que c'était elle, au bout du fil. L'épouvante noie sa voix, découd ses propos, et je peine à les raccommoder. Calme-toi maman, respire. Elle soupire, soupire encore pour se donner de l'élan puis tente de me réexpliquer la situation. Je parviens à saisir l'essentiel avant que son timbre ne se brise : fils d'Anaïs, malaise, panique, grave, hôpital. Ma mère n'a jamais perdu son sang-froid comme ça, je ne l'ai jamais vue si affolée. Je rêve de lui dire, Ne bouge pas, j'arrive. Mais j'ai déménagé à Paris et n'ai donc pas d'autre choix que de la consoler à distance. L'impuissance me crucifie. Je donnerais tout pour parcourir les 250 kilomètres qui nous séparent en un tour de nez, façon Ma sorcière bien-aimée. Je réalise en tapant cette phrase sur mon clavier que rien, absolument rien ne m'en empêche aujourd'hui. Puisque j'écris, tout est possible, pourquoi me priver d'inventer ? Alors imaginons, imaginons que je puisse me téléporter sur le paillasson de ma mère.

Inutile de sonner puisque j'ai gardé ma clé. Le couloir n'est pas éclairé, le salon non plus, mais des gémissements me guident jusqu'à la cuisine où je découvre ma mère prostrée. Pétrifiée sur sa chaise en paille. Empaillée peut-être. Comme lorsque nous jouions ensemble à Un deux trois soleil et que je ne pouvais m'empêcher de tricher. Elle a les yeux rougis et gonflés, je le devine malgré l'obscurité. Elle est dévastée. Ne trouve pas la force de se lever ni de m'enlacer quand je noue mes bras autour de son cou. Je n'ai pas besoin de les ouvrir plus grand que le ciel, un petit collier suffit pour faire le tour de cette vieille dame recroquevillée que je reconnais à peine, tant elle me paraît rabougrie tout à coup. Son corps fait trembler le mien, ses larmes mouillent silencieusement mes joues et tant mieux, qu'elles lui fichent la paix, qu'elles viennent m'inonder moi, que je puisse servir au moins à ça, parer sa peine. Je ne bouge pas, j'attends. Je ne sais pas tout à fait quoi, mais j'attends. Qu'elle se remette de sa folle frayeur, que la sidération la quitte, que son chagrin s'égoutte. Que quelque chose en elle s'apaise. J'ignore lequel de nos deux cœurs cogne le plus fort. Et je ne saurais dire combien de temps nous restons ainsi, arrimées l'une à l'autre, combien de minutes il faut pour que ma mère rassemble le peu de force qu'il lui reste pour se dégager de mon étreinte, parvenir à se redresser et tenir debout. Elle sort deux tasses du placard puis attrape un nouveau paquet de Carte Noire rangé sur l'étagère. Le geste à faire pour ouvrir le plastique sans le déchirer, depuis toujours, lui échappe. Il y a des combats inutiles à mener, alors elle saisit les ciseaux, découpe le haut du sachet et le vide dans la boîte en fer rouge, exactement comme je l'ai déjà vue faire des milliards de fois. Puis elle jette le paquet vide dans la poubelle cachée sous l'évier, récupère une cuillère abandonnée sur le rebord, la sèche avec le torchon étendu sur la porte du four, le repositionne à sa place initiale, plonge la cuillère dans la boîte en fer, en verse le contenu dans le filtre en papier blanc qu'elle a dû installer après le dîner pour gagner du temps demain matin, sans se douter qu'elle s'en servirait plus tôt que prévu, mais comment se douter qu'elle boirait du café à 23 heures passées, plonge la cuillère une deuxième puis une troisième fois dans la boîte en fer, juge sans doute intérieurement que pour deux ça suffira, referme la boîte, repose la cuillère, ajoute de l'eau dans le réservoir et allume enfin la machine. Tant d'actions après une si longue immobilisation. Je vois bien que ma mère occupe ses mains autant que le terrain et tente par cet afflux de gestes de retrouver un peu de contenance, la dignité qu'elle croit perdue. La Nespresso que je lui ai offerte il y a longtemps, à Noël, et qui dort, juste à côté, lui aurait causé bien moins d'embarras. Elle prétend la réserver à ce qu'elle appelle les grandes occasions, entendez par-là nos anniversaires que nous fêtons toujours chez elle. Pourtant j'ai fini par comprendre que si elle ne se servait jamais, ou du moins que très rarement, de cette machine dernier cri, Exactement la même qu'Anaïs ! s'était-elle exclamée, lorsqu'elle l'avait déballée, c'est surtout parce qu'elle n'aime pas ce goût si différent de son *vrai* café, n'a jamais réussi à s'y habituer. La cafetière se met à crachoter et anime comme elle peut cette cuisine endeuillée. Se rasseoir ce serait prendre le risque de tomber alors ma mère reste debout. Elle parle sans se retourner mais je vois son chagrin de dos. Sa nuque ployée s'offre au couperet prêt à tomber et ses phalanges rougissent tandis qu'elle s'agrippe au plan de travail où elle a équeuté tant de haricots verts, épluché des milliers de pommes de terre. Je sais qu'elle ferme les yeux pour se concentrer, mieux voir la scène qu'elle s'efforce de restituer le plus clairement possible, comme si elle l'avait vécue en direct. Il y a un poing dans sa voix, un silex, une dureté que je ne connais pas, et dans sa bouche des mots inédits, qui me laissent supposer qu'elle s'attache à employer les mêmes que ceux qu'a prononcés, il y a quelques heures déjà, le mari d'Anaïs, ivre de désespoir.

Cela ne faisait même pas vingt-quatre heures que la famille était arrivée pour les vacances de la Toussaint quand le drame a eu lieu. Temps de chien pour changer. Adrien a appelé Anaïs depuis le douzième trou pour prévenir qu'il écourtait sa partie de golf. Avec ce qu'il tombe, tu m'étonnes. Et Victoire qui a tenu à aller au poney club à vélo… Elle va rentrer trempée. Son frère, lui, a terminé son film, tourne en rond à l'étage et réclame son goûter. Déjà. Anaïs interdit à son mari de traiter Joseph d'estomac sur pattes, pourtant il faut admettre qu'il n'a pas tout à fait tort. Elle n'a aucun courage de traîner sous la pluie rue Saint-Jean et on la comprend. Pourquoi ne pas faire des gaufres ? Cavalcade dans l'escalier et cris de joie. Anaïs ne sait pas encore que ce seront les derniers qu'elle entendra. Pour l'heure, elle sort le gaufrier tandis que Joseph enfile le tablier et prépare les ingrédients. Trois œufs, la farine, le sucre, le beurre, et puis quoi d'autre maman ? Ah oui, le lait. Ni une ni deux, il ne faut guère plus d'un quart d'heure, hélas, pour préparer la pâte. La première gaufre colle bien sûr. Ratée. Mais les suivantes, dorées à souhait, enchantent Joseph. Bien content d'avoir eu le plat à lécher pour lui tout seul, il piaffe maintenant, aimerait que sa sœur revienne, refuse de faire autre chose que de guetter son arrivée, mais qu'est-ce qu'elle fait ? se poste à la fenêtre de sa chambre puis à celle du salon avant de retourner à celle de sa chambre qui offre une vue plus dégagée sur la rue. Anaïs ne s'inquiète pas. Sa fille doit brosser les poneys, elle la voit d'ici, qui traîne ses bottes jusqu'à la sellerie, pose son tapis sur le haut de la pile, se hisse sur la pointe des pieds pour accrocher le filet de Ruby, souffle une fois qu'elle a rangé sa selle et s'offre un dernier tour des box, ravie que l'orage lui donne une bonne excuse pour retarder le moment d'enfourcher son vélo. Dis donc, elle en met du temps, Vic, pour rentrer, râle Joseph. L'enfance, son insatiable gourmandise et son impatience. Tu n'as qu'à mettre la table en attendant, suggère Anaïs. Bonne idée. Assiettes, verres, couteaux, jus de pomme, sucre, confiture, Nocciolata, voilà, tout est prêt. Sentinelle statufiée face à l'heure affichée sur le four, Joseph égraine désormais les minutes une par une, façon horloge parlante. Le fait-il exprès pour énerver sa mère ? En tout cas, il l'exaspère. Anaïs abdique : Tu n'as qu'à commencer à goûter. Cette phrase fait tout basculer. Joseph court s'asseoir, se sert dans le plat puis ouvre tous les pots, sucre, chocolat, framboise, n'hésite pas entre les parfums puisqu'il a largement eu le temps de réfléchir et qu'il a de toute façon décidé de prendre les trois, dans cet ordre-là, qu'il énonce à haute voix, sucre-chocolat-framboise pour anticiper le Tu prends quoi ? de sa sœur, incapable de trancher. Le voilà qui croque à pleines dents dans la pâte. Trop bon, maman ! s'extasie l'enfant qui respire à peine entre chaque bouchée. Fidèle à sa réputation de glouton, Joseph attaque sa troisième gaufre, celle à la confiture, lèvres luisantes, joues collantes et colorées, quand son corps s'affale soudain sur la table. Partie récupérer son portable oublié à l'étage, Anaïs ne voit pas la tête de son fils tomber dans son assiette, elle la découvre en redescendant l'escalier, mais pense qu'il s'agit d'un jeu, d'une énième trouvaille de son mariole de marmot. Joseph, s'exclame-t-elle, en se retenant de rire devant ce gamin qui s'amuse souvent à mimer qu'il meurt de faim. Joseph, ce n'est pas drôle. La méprise s'éternise. Non mais Joseph, t'exagères ! Anaïs s'approche de son fils qui refuse de bouger. Caresse ses cheveux, Allez Joseph, arrête, puis frotte son dos, Allez redresse-toi. La plaisanterie a assez duré. Alors Anaïs secoue son fils, qui continue de faire l'idiot et de bloquer sa respiration, Stop Joseph, ça suffit, arrête je te dis. Anaïs empoigne les bras pour le tirer en arrière, le forcer à se redresser, mais poupée de chiffon, tête pendante, cheveux dans les yeux et bras ballants. De sa bouche bée affleurent ironiquement deux dents du bonheur. Ça y est, Anaïs comprend enfin que Joseph ne joue pas. Qu'il ne respire plus pour de vrai. Qu'il a perdu connaissance. Alors de sa gorge à elle s'échappe un hurlement. Un cri de Munch déchirant qui n'en finit pas, passe à travers les murs, s'infiltre sous les fenêtres fermées et frappe de plein fouet Adrien puis Victoire, qui déboule à vélo, pile au moment où son père se gare.

Et ? Je réclame en vain la suite qui ne vient pas. Ma mère a besoin d'une pause. Elle s'assied, sert le café qui a terminé de couler depuis longtemps, boit sa tasse d'un trait pour se donner du courage puis reprend son récit d'une voix blanche, comme la nuit qui nous attend. Elle donne maintenant beaucoup moins de détails et je ne sais si c'est parce que le récit l'éprouve ou si c'est parce que Monsieur a lui-même fait quelques ellipses. Sans doute les deux. La sidération d'Anaïs et la panique qui s'empare d'Adrien leur font perdre quelques précieuses minutes. D'un seul coup, ni l'un ni l'autre ne sait s'il vaut mieux appeler le 15 ou le 18 alors Victoire s'en mêle. Ensuite tout va très vite et vrille. Samu, sirène, hôpital, urgences. L'attente, l'angoisse puis le verdict qui tombe en blouse blanche : Crise cardiaque. Quoi ? Infarctus du myocarde, cœur arrêté, trop tard, rien pu faire, murmure ma mère, vidée, croyant que je n'ai pas compris. J'ai parfaitement saisi l'horreur et je me souviens très bien du petit, bébé, le revois comme si c'était hier, avec ses grosses joues, ses plis partout, sur les cuisses, aux poignets, dans le cou, un vrai bouddha. Ce qui m'échappe, en revanche, c'est comment ce pauvre gamin, il a quel âge déjà ?, 12 ans, 12 ans putain, ce qui m'échappe c'est comment ce gamin, Joseph, me reprend maman, le visage vide ; ce qui m'échappe, c'est comment Joseph a pu faire un arrêt cardiaque. Ma mère n'a pas de réponse à cette question. Une autre la hante. Elle se demande bien pourquoi la police la convoque au commissariat.

Des heures qui précèdent l'annonce de la mort de Joseph, il ne me reste rien. La terreur a tout effacé. Le hurlement de l'ambulance, où j'ai laissé tomber mon cœur, notre interminable attente, l'insolent cliquetis de la trotteuse, les cafés où nos peurs refusent de se noyer, le désarroi des médecins, tout ça, c'est Adrien qui me l'a raconté, bien plus tard. Moi je m'en souviens à peine. À peine immense. À peine, de cette salle des urgences où nous patientons, doigts crochetés, sans parvenir à nous parler, bâillonnés. À peine, du Kleenex bouloché, trop vite trempé, que je tiens toute la nuit, poing serré, rage muette. À peine, du visage de l'interne qui nous demande de le suivre au petit matin, l'air navré, aussi froissé que sa blouse. À peine, du timbre de sa voix où bruisse la catastrophe. En revanche ma mémoire a enregistré avec une netteté effrayante le silence de minuterie de son bureau encombré, qu'il met un temps fou à briser, une fois la porte fermée. Il faut qu'Adrien l'interroge, Alors ? pour qu'il desserre enfin les lèvres et chuchote comme on tue. Une balle lui suffit. Il dit, Je suis désolé, et c'est déjà fini, on a compris. En nous s'ouvre une béance où s'effondrent ses condoléances. Adrien m'a décrit les râles échappés de ma gorge et le tremblement qui s'est soudain emparé de tout mon corps, tête, épaules, bras, jambes, si violent qu'il m'empêchait de tenir debout et qu'il a fallu demander à une infirmière d'apporter un fauteuil roulant, d'où une part de moi ne s'est jamais relevée.

Des deux nouvelles, j'aimerais assurer que c'est la mort de Joseph qui m'atterre le plus. Mais ce serait mentir. Une question n'en finit pas de cogner dans ma tête : Pourquoi les flics veulent-ils voir ma mère ? Je lui en veux de ne pas m'avoir prévenue plus tôt qu'elle était convoquée au commissariat. Comment diable a-t-elle pu noter sur son carnet la date et l'heure, le 27 novembre 2023 à 9 h 30 sans m'en parler ? Cela fait maintenant une semaine que la lettre traîne dans sa cuisine. Maman a beau m'expliquer que tout se passera bien, qu'elle n'a pas besoin d'un avocat puisqu'elle n'a rien à se reprocher et que de toute façon nous n'avons pas les moyens de le payer, je n'arrive pas à me calmer. Je voulais prendre la route juste après avoir raccroché, poser une journée d'absence pour convenance personnelle afin de l'accompagner, mais elle a refusé net, m'assurant que ce n'était pas la peine, à quoi bon, je devrais attendre dans le couloir, alors ça change quoi, elle ira au commissariat toute seule comme une grande et me téléphonera en sortant. Cela fait maintenant une heure douze qu'elle y est. J'attends dans ma classe et ça change tout, je le savais. J'ai écrit trois additions au tableau histoire d'avoir un peu de répit, le temps que les enfants les recopient et les calculent, mais je m'aperçois que je compte, moi aussi. Une heure seize. Un poinçon d'inquiétude me perfore la poitrine jusqu'à ce que le téléphone sonne enfin à 11 h 22, juste avant la récré. Je décroche en classe, tant pis. Ce que ma mère me raconte, toutes les questions qu'on lui pose, je les lirai, plus tard, noir sur blanc, dans le compte rendu de son audition. La date de son dernier ménage, le 28 août 2023, son rôle dans la maison, ses relations avec les clients qu'elle ne voit jamais, j'ai la bêtise de croire que toutes ces précisions sont inoffensives.

Quitter l'hôpital sans Joseph, monter en voiture sans Joseph, rouler sans Joseph, se garer devant la maison, ouvrir la porte et rentrer sans Joseph chez nous. Chez nous moins lui. S'effondrer dans le canapé, sonnée, assommée par toutes ces premières fois sans lui. Se déchausser sans Joseph, ranger mon manteau sans Joseph, parler à Adrien sans Joseph, parler à Victoire sans Joseph, boucler les valises sans Joseph, revenir à Lille sans Joseph. Se forcer à saluer la voisine, à dire bonjour, au revoir et même merci sans Joseph. Discuter avec Adrien et Victoire, avec la boulangère, le boucher et la caissière, avec tout le monde sauf Joseph. Préparer à dîner sans Joseph, mettre le couvert sans Joseph, pas quatre assiettes, voyons, trois seulement, puis s'asseoir sans Joseph, à quoi bon, trou à table et appétit coupé, taillade immense. Maigrir, se morfondre sans Joseph, oh oui se fondre dans sa mort, s'y dissoudre et puis s'évaporer. M'enfouir, m'enfuir, disparaître. N'importe quoi ? Alors tomber. Tomber sans Joseph. Mutilée, muselée, momifiée, misanthrope mais d'accord pour faire un effort. Tout faire sans Joseph, le lit, la route, les courses, les repas et puis semblant. Faire semblant sans Joseph, semblant de tout, se lever se laver travailler marcher écouter répondre dormir se réveiller et tout recommencer. Du nerf, Sisyphe, s'habiller, s'astreindre, tenir et sourire tant qu'à faire. Grimacer sans Joseph, Tu vois, t'y arrives ! Mais oui, singeries, tout est possible sans Joseph. Même respirer. Je croyais que la vie sans Joseph n'existait pas, et pourtant. La redite des jours, leur insoutenable normalité, tout continue sans Joseph et c'est bien ça le pire. Survivre à l'amour de son fils.

Pourquoi diable les clients Airbnb se croient-ils tout permis ? Parce qu'ils paient le ménage en plus du loyer ou parce qu'ils n'ont aucun lien avec la personne qui passe derrière eux ? Je suis persuadée que la plupart des locataires se seraient comportés différemment s'ils avaient croisé ma mère au moins une fois pour récupérer la clé. S'ils avaient échangé trois mots avec elle, s'ils avaient vu son sourire abîmé, s'ils avaient perçu sa fatigue sans rebord, certains auraient pris la peine de jeter à la poubelle leurs tubes de crème solaire éventrés, leurs canettes de Coca et les bouteilles d'eau enfuies sous le lit, j'en suis sûre, je veux croire qu'ils auraient vidé le seau de plage de leur gosse, rincé leur pelle pleine de vase et peut-être même pensé à utiliser la brosse des W-C. Les femmes de chambre le savent, elles, nettoyer derrière des inconnus est autrement plus lourd, et plus ingrat que de travailler pour des personnes qui vous emploient depuis un moment et vous remercient de temps en temps. À quoi bon faire le ménage pour des propriétaires qui ne peuvent pas remarquer que leur appartement rutile et repasser de frais des draps dans lesquels ils ne s'endorment jamais ? Pourquoi s'escrimer à frotter des baies vitrées s'ils ne regardent guère à travers, et passer des heures à faire disparaître les traces de doigts de gamins que tu ne connais ni d'Ève ni d'Adam ? À quoi ça rime, quelqu'un m'explique ? Non, inutile. La réponse, je la connais. Anaïs aussi la connaît, ma mère la connaît, Airbnb la connaît, tout le monde la connaît et pourtant fait semblant. La vraie réponse, ce n'est pas la notation, mais l'argent, la thune, le fric, le flouze, le blé, appelez ça comme vous voulez. D'aucuns m'accuseront de mauvais esprit, peut-être. Le ressentiment bouillonne en moi, je suis en colère et j'admets avoir un problème avec les tâches ménagères. Quand maman vient passer le week-end chez moi, à Paris, je fais un petit effort, mais bon… Un psy dirait que j'ai pris le contrepied. Déjà du temps des Walt Disney et des cassettes VHS qui finissaient par s'enrayer, Blanche-Neige m'agaçait à répéter que frotter en fredonnant et siffler en travaillant suffit à alléger le balai. Je n'y croyais pas. Je préférais de très loin la pauvre Cendrillon que jamais Javotte et Anastasie, ses harpies de belles-sœurs, ne laissent se reposer, mais qui peut compter sur ses amies souris, chantres de l'insurrection : Patati et patata toute la journée ça n'arrête pas Faut faire le feu et la cuisine, La vaisselle, le ménage, Le repassage, le lavage C'est vraiment de l'esclavage ! Peu m'importe que les flics ne connaissent pas la chanson, je l'aurais entonnée, s'ils m'avaient interrogée, je leur aurais expliqué à quel point le boulot de ma mère a empiré depuis qu'elle travaille pour Airbnb, enfin pas pour Airbnb, pour Anaïs qui loue sa maison sur Airbnb, mais c'est pareil, tout le monde a compris le raccourci. Je leur aurais rappelé au cas où ils l'auraient oublié que la santé se dilue dans la javel, et leur aurais appris au passage que les conditions de travail de ma mère, comme des femmes de ménage du monde entier d'ailleurs, se sont sérieusement dégradées avec l'apparition des plateformes de location. Ils l'auraient compris en voyant l'état de ses bras, de ses reins, de son dos, si un médecin l'avait auscultée comme elle en avait le droit, au commissariat, je ne le savais pas. Ils ne se rendent pas compte, les propriétaires non plus d'ailleurs, mauvaise foi en étendard collectif. Alors que les choses soient claires, une bonne fois pour toutes : faire le ménage d'une maison ou d'un appartement avant et après une location n'a absolument rien à voir avec son entretien hebdomadaire. D'abord parce que dans la vraie vie personne ne nettoie chaque semaine son four, son micro-ondes, son lave-vaisselle, le tambour de sa machine à laver ni la porte de son sèche-linge. Personne n'aspire l'intérieur de ses placards ni ne réordonne le tiroir à couverts plusieurs fois par mois. Personne. Et puis aucun employeur, même le plus mal luné, ne porte réclamation s'il reste un pli sur une housse de couette ou une taie d'oreiller. Aucun n'exige de sa femme de ménage qu'elle se hisse tous les sept jours sur l'escabeau pour dépoussiérer la lampe de l'entrée ou qu'elle s'allonge par terre, poitrine écrasée sur le plancher, nez au ras du sol et tête sous le sommier pour s'assurer que ne s'y cache aucune araignée. Non, par définition, le grand ménage de printemps n'a lieu qu'une fois par an, allez admettons deux chez les plus soigneux. Et puis aucune famille, même la plus maniaque, ne note sa femme de ménage. Tout cela n'existe que dans l'univers impitoyable de la location saisonnière. J'ai trouvé l'homme qui se cachait derrière. Sur mon appli Podcasts j'ai tapé airbnb, c'est comme ça que je suis tombée sur lui. Je ne me prive pas de le détailler puisque Radio France a équipé ses studios de caméras. Très propre sur lui, Monsieur le directeur général. On ne peut plus détendu. Sourire sous moustache, épaisse tignasse, barbe poivre et sel savamment entretenue, chemise impeccable, parfaitement repassée, mais par qui ? Sûrement pas par lui. Est-ce son col amidonné qui lui donne autant confiance en lui, en tout ce qu'il dit ? Est-ce qu'il a conscience de ce qu'il dit d'ailleurs, ou est-ce qu'il joue le jeu, parce qu'il ne peut pas faire autrement lui non plus, qu'il est payé pour ça, porter la bonne parole, toujours le même prêchi-prêcha grâce auquel il fait bouffer sa femme et ses mômes, pas le choix. Il rappelle que la France est le deuxième marché d'Airbnb dans le monde, juste après les États-Unis. Peu m'importe, j'ai développé contre cette plateforme une haine sans doute idiote. Me revient soudain l'histoire des douze salariés d'Air France qui avaient tailladé la chemise du directeur de l'activité long courrier en 2015, et arraché celle de leur DRH, le forçant à escalader le grillage, torse nu, pour échapper à une horde hors d'elle, déchaînée par la suppression de 2 090 emplois. Je les comprends, ces gens. Je ne dis pas que je pourrais en venir aux mains, mais cet homme m'exaspère, qui s'exprime très tranquillement au micro rouge de France Inter. « L'enjeu pour nous, précise-t-il, c'est d'accompagner un maximum de Franciliens sur la plateforme, de les aider à être hébergeurs pour les Jeux olympiques, à pouvoir ainsi gagner 2 000 euros en 15 jours. » Il explique qu'il faut que l'argent des JO ruisselle sur ceux qui ne sont pas des professionnels de l'hôtellerie, *ruisselle*, comme la sueur sous les aisselles de ma mère. Il lui faudrait travailler combien de temps, elle, pour gagner 2 000 euros, laissez-moi compter : 2 000 ÷ 14 euros de l'heure = 142,85. 143 heures de ménage puisqu'il faut arrondir. L'émission à laquelle participe ce monsieur s'intitule On n'arrête pas l'éco, et effectivement, lui non plus, rien n'a l'air de l'arrêter. En tout cas, la journaliste qui l'interroge n'y parvient pas. Elle tente de lui faire écouter la petite musique des élus, de lui montrer le doigt accusateur qu'ils pointent sur Airbnb et de l'interroger sur sa part de responsabilité dans la crise du logement qui dépasse largement les frontières hexagonales. Elle cite pêle-mêle des régions françaises, des villes et des capitales européennes pour que tout le monde se figure bien l'ampleur du problème. Elle évoque Lisbonne, Florence, la Bretagne, la Vendée, Lyon, Marseille. Elle aurait pu ajouter New York, Washington, Barcelone, Vienne, Ottawa, Berlin, Madrid, Lille, l'île d'Oléron, Cannes ou Saint-Malo, mais pas le temps et puis le monde trop grand. Alors elle enchaîne, hausse le ton, pas trop, puisqu'on est à la radio, mais un peu quand même, presque malgré elle. À quoi sert-elle, sinon, à quoi sert-elle, si elle se contente d'arrondir les angles, assise, bien tranquille sur son fauteuil à roulettes de la Maison ronde, à quoi sert-elle, si sa voix ne charrie pas au moins quelques-unes des raisons qu'il y a de s'inquiéter, cette grogne qui n'en finit pas de monter dans les municipalités ? Elle égraine les raisins de la colère, les épépine un par un, rappelle qu'Airbnb est accusé de faire exploser les loyers, de vider les quartiers historiques de leurs habitants, d'empêcher les gens de se loger et comme cela ne suffit pas, comme décidément rien n'a l'air d'effriter l'aplomb de ce monsieur, elle ouvre les vannes, libère le « tsunami silencieux » qui souffle à travers le pays, ce vent de fuite des logements pérennes vers du meublé touristique, bien plus lucratif. L'expression n'est pas d'elle, mais du député écologiste de Paris Julien Bayou qui a décidé de lancer, avec trois autres parlementaires de plusieurs tendances politiques, un appel transpartisan afin d'encadrer les activités des plateformes. Tous ces pauvres mots n'effraient guère son invité qui préfère parler, toujours et encore, de pouvoir d'achat et des 3 900 euros gagnés chaque année par des centaines de milliers de Français sur Airbnb. Je suis lasse, soudain. Plus envie d'entendre ces boniments qui sortent du téléphone, alors je l'éteins. Mais ma tête, elle, continue de tourner, et compte malgré moi encore une fois, 3 900 ÷ 14, juste pour savoir combien cela fait d'heures et de litres de sueur.

Dos courbé, cœur gelé, regard fou. Plus rien ne pousse dans le chaos de mon cerveau. Les quelques pourquoi empoisonnés qui pourtant s'y agitent encore m'exténuent. Dix mois déjà que j'essaie de les envoyer valser, en vain. Pourquoi nous ? Pourquoi lui, mon enfant à moi ? Pourquoi lui, si petit ? Pourquoi ? Seules la rancœur et la rage inqualifiables qui m'assaillent par bouffées et que je cache tant bien que mal à Victoire me tiennent debout. Pourquoi tant de négligence de la part de Sylvie ? Je lui en veux tellement.

J'ai eu la naïveté de croire qu'on en resterait là. Mais non. Le seul coup de fil auquel maman a eu le droit, c'est à moi qu'elle l'a passé. Cette fois, elle ne m'a pas demandé de ne pas me faire de souci, elle s'en faisait sans doute déjà trop, elle aussi. En revanche elle a trouvé, je ne sais où, la force de formuler quelques phrases pour tenter d'amortir ma chute dans le fracas assourdissant de son annonce. Je suis en garde à vue, m'a-t-elle annoncé, au bout du fil. Je surveillais la récré, la terre s'est ouverte sous mes pieds. Ma chaussure gauche empiétait sur le ciel de la marelle où je m'étais arrêtée pour décrocher. J'ai voulu y voir un signe. J'ai ramassé le caillou oublié dans la case 8 et me suis jetée dans une castagne muette contre le défaitisme. Il y avait dans la voix de ma mère une assurance que je ne lui connaissais pas. Lorsqu'elle m'a réclamé les coordonnées de l'avocate que je lui avais proposée lors de son audition libre, j'ai compris qu'elle ne manquait pas de courage et cela m'a rassurée, car tout à coup je n'étais pas sûre d'en avoir suffisamment pour deux. J'ai passé les heures qui ont suivi à me ronger les ongles et les sangs. Je n'ai jamais vraiment su ce qui s'était passé, c'est en lisant le procès-verbal d'audition en garde à vue, récupéré par l'avocate, que je l'ai découvert.

PV N° 2024/000103
L'an deux mil vingt-quatre,
Le 6 février, à quinze heures quarante-cinq
Identité de la personne mise en cause
Sexe : F
Nom : Bonhomme
Prénom : Sylvie
Situation de famille : célibataire
Validité état civil : Identité confirmée
Date de naissance : 30/10/1975
Commune de naissance et code postal : Roubaix 59100
Pays : France
Fille de BONHOMME Paul et de TASQUEL Monique
Adresse : 3, rue Huguet 62630 Étaples
Pays : France
Numéro de téléphone 06 [redacted]
Profession : femme de ménage
E-mail [redacted]@gmail.com

COMMUNICATION PAR VOIE ÉLECTRONIQUE AU COURS DE LA PROCÉDURE
La personne dénommée ci-dessus accepte de recevoir communication des avis, convocations et documents intéressant la procédure par voie électronique.

Cette communication pourra se faire par e-mail à l'adresse suivante : [redacted]@gmail.com et par SMS au numéro de téléphone suivant : 06 [redacted].
La personne est informée qu'elle peut se désister de ce consentement à tout moment de la procédure ou signaler tout changement concernant le mode de communication choisi ou les coordonnées fournies. Durant l'enquête de gendarmerie, cette démarche devra s'effectuer directement dans les locaux de l'unité en charge de la procédure. À l'issue de cette phase d'enquête, la personne entendue devra s'adresser au greffe de la saisie de son dossier.

PROTECT1ON JURIDIQUE DE LA PERSONNE
La personne n'est ni sous tutelle ni sous curatelle ou protection de justice.

MAITRISE DE LA LANGUE FRANÇAISE
Après vérification auprès d'elle de son niveau de compréhension et de sa capacité de s'exprimer, il apparaît que la personne comprend la langue française et est en mesure de s'exprimer dans cette langue sans le truchement d'un interprète.
Entendons la personne dénommée ci-dessus qui nous déclare :
Je reconnais avoir été informée que mon audition fait l'objet d'un enregistrement audiovisuel conformément aux dispositions de l'article 64-1 alinéa du Code de procédure pénale.

Question : Avez-vous compris vos droits et la raison de votre présence ?
Réponse : Oui.

Question : Quelle est votre situation professionnelle et familiale ?
Réponse : Je suis femme de ménage, célibataire et mère d'une fille de 28 ans.

Question : Avez-vous toujours été femme de ménage, Madame Bonhomme ?
Réponse : Oui. J'ai arrêté les cours en terminale, quand je suis tombée enceinte et que le père de ma fille m'a quittée. Je suis venue m'installer à Étaples, où ma cousine pouvait me loger avec Camille et la garder pendant que je travaillais.

Question : Comment définiriez-vous vos rapports avec Madame Besnard ?
Réponse : Très bons. Sympathiques, je dirais même.

Question : Cela fait quinze ans que vous travaillez pour elle…
Réponse : Oui, c'est pourquoi une espèce d'amitié s'est nouée entre nous. J'ai vu grandir ses enfants, je les ai connus bébés. J'ai plaisir à les retrouver pendant les vacances Pardon, je me rends compte que je devrais parler au passé, mais je n'y arrive pas.

Question : Que voulez-vous dire par *une espèce d'amitié* ?
Réponse : Anaïs ne manque jamais une occasion de prendre des nouvelles de ma fille, m'a souvent donné des vêtements

et des livres pour elle. D'ailleurs si Camille a trouvé son stage de troisième et un petit boulot d'été après son bac, c'est grâce à elle, je ne l'oublierai jamais.

Question : Madame Besnard vient-elle moins qu'avant dans sa résidence secondaire ?
Réponse : Oui. Elle, ce qu'elle préfère, c'est nager. Dans sa chère Méditerranée. Elle n'a jamais osé me l'avouer, par délicatesse sans doute, mais je sais qu'elle trouve la Manche trop froide et pas assez transparente à son goût. Elle a longtemps profité de la maison tous les week-ends, c'était sa bouffée d'oxygène, comme elle disait. Mais depuis quelques années cela ne lui arrivait plus qu'exceptionnellement, lors des ponts de la Toussaint ou de l'Ascension par exemple.

Question : Pourquoi ?
Réponse : Les enfants avaient classe le samedi matin depuis quelque temps. Alors prendre la route à treize heures avec les sandwichs, faire deux heures et demie de voiture pour arriver à 15 h 30 quand la nuit tombe à 17 heures en hiver, la belle affaire. Vous trouverez toujours des propriétaires de gros 4×4, BMW ou Audi, pour vous expliquer qu'ils mettent deux heures depuis Lille ou Paris avec leur détecteur de radars, mais il ne faut pas les croire. Il n'y a que le président Macron, qui doit réussir à afficher ce temps-là, grâce aux

policiers qui l'escortent chaque fois qu'il rejoint la villa de Brigitte, rue Saint-Jean. Anaïs voulait se séparer de la maison, mais comme Monsieur refuse de la vendre, ils ont décidé de la louer.

Question : En avez-vous voulu à Madame Besnard de venir moins souvent au Touquet ?
Réponse : Non, je l'ai très bien compris, mais je l'ai regretté, car j'adore papoter avec elle.

Question : De quoi discutez-vous ensemble ?
Réponse : Oh, de tout et de rien, de la pluie et du beau temps. Mais on n'a pas que des discussions météo ! On parle de ma fille, ou de sa famille à elle, de ses parents et de sa sœur, que je vois chaque été, de ses enfants que j'adore, enfin j'adorais Joseph...

Question : Vous avez dit faire *généralement* le ménage la veille de l'arrivée des locataires et après leur départ, ce n'est donc pas toujours le cas ?
Réponse : Le plus souvent si, car ils débarquent quasiment toujours le lendemain de mon intervention.

Question : Vous dites *débarquer*, Madame Bonhomme, vous considérez les clients Airbnb comme des envahisseurs ?
Réponse : Oh, non, pas du tout. C'est juste une façon de parler.

Question : Vous avez une bien drôle de façon de parler, Madame Bonhomme. Oh, inutile de pleurer, prenez un Kleenex

et revenons aux clients Airbnb. Vous est-il arrivé d'en rencontrer ?
Réponse : Quasiment jamais. Lillois, Amiénois, Rouennais, Parisiens ou Versaillais se chassent généralement sans se croiser. Le samedi le plus souvent, ou le dimanche en cas d'arrangement. Il faut que j'aie quitté la maison au moins une heure avant leur installation. Anaïs y tient. De cette organisation dépend, selon elle, le déroulement parfait des opérations.

Question : Vous est-il toutefois déjà arrivé de voir certains locataires ?
Réponse : Oui, deux ou trois fois pendant les vacances scolaires. En février, à Pâques ou pendant l'été, départs et arrivées s'effectuent selon un timing serré que les locataires ne respectent pas toujours. Ils ont souvent du mal à quitter la maison à l'heure convenue. Si bien que j'arrive parfois avant qu'ils ne soient partis. Dans ces cas-là, pas le temps de souffler, chaque minute compte.

Question : Combien de temps vous prend le ménage de la maison des Besnard ?
Réponse : Entre trois et six heures, selon l'état dans lequel je la retrouve, impossible de prévoir.

Question : Cela dépend de quoi ?
Réponse : Du nombre de personnes qui y ont séjourné. Un couple, ça peut aller assez vite, mais s'il y a eu des enfants, les choses se compliquent.

Surtout quand ils mangent des purées, marchent à peine et s'agrippent partout avec les mains sales.

Question : Diriez-vous que les locations Airbnb vous pèsent ?
Réponse : Non, pas du tout.

Question : Vous n'en avez pas marre parfois ?
Réponse : Non. Je suis payée pour gérer les locations et honorée par la confiance que me fait Anaïs.

Question : Vous n'avez pas de problème avec les locataires ?
Réponse : Non, comme je vous l'ai dit je ne les vois pas.

Question : Je précise ma question, Madame Bonhomme, n'avez-vous jamais eu d'ennui lors d'un séjour Airbnb ?
Réponse : Si… Une fois ou deux.

Question : Quand ?
Réponse : Il y a quatre ans, je dirais. Anaïs avait loué à des jeunes pour le réveillon. Peut-être qu'ils avaient trop bu et que les choses ont dégénéré. Je n'ai jamais su le pourquoi du comment, mais j'ai compris qu'il y avait un souci à peine rentrée. À cause de l'odeur…

Question : Elle était comment, cette odeur ?
Réponse : Atroce. Pestilentielle. À vous retourner le cœur. Les locataires n'avaient pas fermé la porte des WC, c'est pourquoi l'infection avait envahi

toute la maison, contaminé l'entrée, les chambres, la cuisine et le salon. Ça paraît idiot, mais malgré l'odeur, malgré la couleur, malgré la nausée, les informations ont mis un moment à me monter au cerveau. J'ai envoyé des photos à Anaïs après l'avoir appelée pour la prévenir. Fallait le voir pour le croire.

Question : Il a dû vous en falloir du temps pour tout nettoyer…
Réponse : Oh oui ! Je ne savais pas par où commencer. J'avais noué mon écharpe de façon qu'elle couvre ma bouche et mon nez, puis enfilé deux paires de gants ménagers. Du bout des doigts, j'ai ramassé le tapis, irrattrapable et l'ai fourré dans un sac poubelle que j'ai jeté dehors, direct. J'ai ensuite ouvert en grand la baie vitrée et toutes les fenêtres du bas pour aérer. Les feuilles mortes de la haie voltigeaient sous la pluie, je m'en souviens, et certaines entraient dans le salon, mais tant pis. C'est la pluie qui m'a donné l'idée d'aller chercher le dévidoir d'arrosage dans le jardin. Je l'ai branché dans l'entrée. Sa longueur et son jet m'ont sauvée. J'ai mis la pression de l'embout de sortie orange à fond, et j'ai aspergé de haut en bas le mur, entièrement carrelé heureusement, en essayant de ne pas toucher le plafond qu'Anaïs a tout de même fait repeindre par la suite. J'ai dû frotter. Le vomi incrusté dans les joints partait mieux avec la

brosse dure. La bouteille de Javel y est passée. J'ai eu beau pschitter le désodorisant dans toute la maison, le lendemain ça sentait encore. L'odeur s'était propagée jusqu'à l'étage.

Découvrir cet épisode au détour de l'audition m'a peinée. Ma mère ne m'en a jamais parlé. Elle ne devait pas sentir la rose quand elle est rentrée. J'étais là le lendemain de ce réveillon, comme chaque année, et pourtant elle ne m'a rien raconté. Maintenant que j'y réfléchis, je me rappelle la grande fatigue qui s'est emparée d'elle en janvier 2019. Une image me revient, je la revois poser ses clés dans l'entrée, se déchausser, filer direct dans sa chambre, et soudain je suis sûre qu'il s'agit de ce fameux jour. Elle est restée si longtemps dans son bain, ce soir-là, que je n'ai pas pris le mien. Quand les spaghettis ont été prêts, parfaitement al dente, comme elle les aime, je suis allée toquer à la porte qu'elle m'a toujours interdit de verrouiller. Un *Quoi ?* a fusé, guère engageant. En temps normal, elle aurait dit *Entre, ma chérie*. Elle n'avait pas tiré le rideau de douche, alors j'ai pu voir qu'elle détournait le regard lorsque je lui ai demandé ce qui n'allait pas. Elle a dit *rien*, sans me regarder, sur un ton qui disait tout. Le gant de toilette bleu n'en finissait pas de passer et repasser sur ses poignets, ses bras, ses coudes, ses épaules, son ventre, sa poitrine, son cou, sous ses aisselles puis de nouveau sur son cou, sa poitrine, son ventre, ses épaules, ses coudes, ses bras. Il s'activait maintenant dans le dos, passant alternativement par le bas et le haut, sans réussir à atteindre le milieu, alors je l'ai récupéré Laisse maman, laisse, et contre toute attente ma mère s'est laissée faire. Il m'arrivait de lui frotter les pieds, petite, quand nous prenions le bain ensemble, tête-bêche, et que je m'appliquais alors à n'oublier aucun orteil, astiquais les dix un par un, glissant consciencieusement mes doigts entre chacun tandis que ma mère s'efforçait de ne pas bouger, de ne pas rire, résistait tant bien que mal, et à mon grand plaisir plutôt mal, au chatouillis de cette torture délicieuse. Les saillances de ses côtes et le plissement de sa peau rougie m'ont surprise, ce soir-là. Depuis combien de temps ne l'avais-je pas vue nue ? Les flétrissures de son corps éprouvé ont failli me décourager. Quelque chose en moi s'est cabré durant quelques secondes. Vite chasser cette timidité ridicule, surgie de je ne sais où, vite faire la nique à cette pudeur idiote. J'ai réussi à me reprendre et à mettre mes gestes dans ceux de ma mère par-delà les années. J'ai fait exactement comme elle lorsque j'étais enfant, j'ai attrapé le savon à la rose, glissé mes doigts dans le gant et fait mousser le coton avant de le passer sur son dos qui s'est arrondi par magie. J'ai pris tout mon temps, savonné sa nuque, ses omoplates et le bas de ses reins puis promené doucement ma main le long de sa colonne vertébrale que j'appelais autrefois colline, et c'est en m'entendant prononcer ce mot jailli du fond des âges que maman a craqué. Ses vertèbres ont tremblé. Ce tressaillement invisible, indécelable sans le gant, s'est mué en secousses et alors seulement j'ai compris que des sanglots muets secouaient son dos. J'ai continué à le laver comme si de rien n'était. Mes caresses cachaient mal leur jeu, pourtant elles ont fini par dessiner un sourire sur les lèvres de ma mère, un sourire pâlot, tout tristounet, mais bien réel, que je lui ai rendu lorsqu'elle s'est redressée pour retirer la bonde et jeter son chagrin avec l'eau du bain.

Question : **Comment les Besnard ont-ils réagi lorsque vous les avez prévenus de ce qui s'était passé ?**
Réponse : **Anaïs m'a rappelée le soir même, désolée, pour me remercier encore de ce que j'avais fait, m'annoncer que son mari avait porté plainte auprès de Airbnb et que bien sûr ils me dédommageraient pour tout le mal que je m'étais donné. Juste avant de raccrocher, elle m'a demandé si je pouvais retourner à la maison dans la semaine pour aérer et bien sûr j'ai accepté. J'y avais pensé, je l'aurais fait même si elle ne m'avait pas téléphoné. Je lui ai écrit quarante-huit heures plus tard pour la rassurer, ça**

sentait encore un peu en bas, mais déjà plus du tout à l'étage. De toute façon, les prochains locataires n'arrivaient que trois jours après. D'ici là, j'ouvrirais en grand toutes les baies et l'odeur finirait par disparaître.

Question : Y a-t-il eu d'autres mauvaises surprises comme celle-ci ?
Réponse : Pendant des années, plus rien, tout s'est bien passé, et puis il y a eu ce problème, en avril dernier, mais rien à voir.

Question : Quel genre de problème ?
Réponse : Lorsque j'arrive chez Anaïs, je comprends que quelque chose cloche dès que j'ouvre la porte. La lumière est allumée dans l'entrée, mais pas seulement. Dans le salon, la cuisine, la salle de bain du bas, la chambre de Victoire, celle de Joseph et à l'étage aussi où un pitoyable état des lieux me conduit. Je me suis demandé comment on pouvait laisser une maison dans un état pareil…

Question : C'est-à-dire ? Expliquez-nous.
Réponse : Ce n'est pas de la poussière, ni du sable, ni de la terre, ni même des excréments que je trouve dans la cuisine et dans la cour, mais de la nourriture. Avariée bien sûr. Un carnage. Des kilos de viande qui empestent malgré les sacs poubelles où les chats du quartier viennent faire leur marché. Des cagettes de fruits et légumes blets, patates germées, carottes suintantes,

courgettes ramollies, tomates écrasées, j'en passe et en oublie. Il m'a fallu un temps fou, cette fois-là encore, pour tout remettre en état.

Un peu plus de sept heures, sept heures quinze exactement, comme l'indique la notation dans le carnet de ma mère, 24 avril 2023 : 7 h 15. Aucun commentaire en face de la date, rien qui laisse imaginer les dix sacs poubelles qu'il lui a fallu utiliser, l'aller-retour qu'elle a dû faire, vite fait, pour en racheter, au petit Casino juste à côté, qu'Anaïs trouve pratique pour dépanner, mais où maman refuse de mettre les pieds tant les prix sont élevés.

Question : Qu'avez-vous fait de toute cette nourriture ?
Réponse : Je l'ai jetée. Un vrai crève-cœur. Moi qui me fais un point d'honneur de tout garder, même quand il ne reste rien, comme dit ma fille. Elle s'amuse parfois à compter les coupelles que je range au frigo pour conserver un peu de purée, des spaghettis ou quelques haricots. Elle se moque, ma Camille, et pourtant elle les connaît, les gestes qui accommodent la pauvreté, elle sait bien que tous ces riens mis bout à bout composent une salade ou un gratin, et elle a beau les qualifier de *poubelle*, elle s'en est toujours régalée, croyez-moi. Par chance, tout n'était pas gâché, il restait

quelques fruits et légumes mangeables que j'ai sauvés, mis de côté avec le pain qu'on pourrait griller. N'allez pas me prendre pour une voleuse, je n'ai emporté que ce qui devait être consommé rapidement. L'huile d'olive à la truffe, le vinaigre balsamique, la fleur de sel de Guérande, tout ce qui pourrait servir à Anaïs, je l'ai rangé dans le placard à provisions.

Question : Quand la maison a-t-elle été louée pour la dernière fois ?
Réponse : La dernière semaine d'août. Après, la rentrée est arrivée et je ne suis revenue faire le ménage que fin octobre, juste avant l'arrivée des Besnard pour les vacances de la Toussaint, comme je vous l'ai déjà expliqué.

Lecture faite par moi des renseignements d'état civil et de la déclaration ci-dessus, j'y persiste et n'ai rien à changer, à y ajouter ou à y retrancher.

À Étaples 62318, le 06 février 2024 à 16 heures 55 minutes.

La personne entendue | L'officier de police judiciaire

La cuisine de Lille continue de crier l'absence de mon fils. Peut-être celle du Touquet aussi, où nous ne sommes jamais retournés depuis. Les murs ont des oreilles dans lesquelles tombent les soupirs des placards, le chuchotement désespéré des chaises et les gémissements des tiroirs. Même les céréales, que le petit était le seul à adorer et dont son père a jeté la boîte, s'entêtent à me raconter des histoires croustillantes, impossibles à écouter sans pleurer. Des semaines après la mort de Joseph, j'ai retrouvé, en passant le balai, une Chocapic coincée contre la plinthe. Je l'ai ramassée, tenue longtemps sur ma paume ouverte, comme il le faisait avec les marrons, ces morceaux d'enfance qu'il cueillait par milliers dès que c'était la saison, enfouissait dans les poches de son jean ou de son blouson, et que je retrouvais dans le tambour de la machine à laver quand il oubliait de les vider. Un soir, j'avais râlé en étendant mon linge blanc, puis ri quand, sur un ton faussement navré, il avait décrété, T'inquiète, maman, ce marron-là ne déteint pas. J'ai gardé longtemps le dernier grain de blé chocolaté qui avait échappé à sa gourmandise. Il est resté des mois au fond du tiroir à couverts, sous le presse-ail où je l'avais glissé car personne n'irait le chercher là, ni Victoire, ni Adrien. Je l'avais presque oublié. Je dis *presque*, alors que durant des mois pas un jour ne s'est écoulé sans que mon pouce ne puisse s'empêcher de le caresser. C'est pratique les *presque* pour planquer ses peines. Hier j'ai réussi, presque malgré moi, à me séparer de ce pétale fort en chagrin. Je l'ai tenu une dernière fois entre mes doigts, jusqu'à ce que mon pied appuie sur la pédale de la poubelle dans les entrailles de laquelle ma main l'a laissé tomber. J'ai été fière de ce pauvre geste. Une bravoure bête, le genre de courage qui jamais ne se fête. J'ai l'impression que les hurlements silencieux de l'appartement n'assaillent que moi, qu'Adrien ne les entend pas. Pourtant j'ai remarqué qu'il ne beurrait plus ses tartines le matin. Le journal qu'il s'évertue à lire, avec un faux air concentré, reste plié à la même page, les lignes dansent sous ses yeux, je le vois bien et je sais que c'est sa façon discrète de trembler. Il continue de me servir gentiment un deux trois cafés, sans que je le lui demande, avec une inimaginable normalité, et je lui souris en guise de merci, comme si de rien n'était. Lorsqu'il pose sa main sur mon bras, je sens la blessure qu'il a enfouie lui aussi, et je devine les mots qu'on ne se dit plus. Il faudrait que nous ayons une conversation à peine ouverte. Mais toutes nos phrases se sont fait la malle. Nous n'avons que Joseph en tête, que lui dans nos cœurs, nos bouches sèches, et l'énergie que nous déployons pour éviter de l'évoquer, ne surtout pas parler de lui, jamais, creuse en nous un fossé où échouent notre complicité et toutes nos discussions. Le week-end Victoire fait diversion, mais la semaine son père rentre trop tard pour qu'elle puisse dîner avec nous. Le Alors cette journée ? que je lance invariablement à Adrien, à peine attablés, ne nous tient pas longtemps, même quand il détaille le menu de la cantine et ses soucis avec ses collègues. Il sait que je fais bonne figure pour Vic, que je prends des antidépresseurs, que je n'ai plus de projets, plus de commandes, pas le courage de chercher de nouveaux clients, et que je passe la journée au lit, crucifiée, volets baissés et yeux ouverts dans le noir qui me broie, pourtant il continue de me demander Et toi, qu'as-tu fait de beau aujourd'hui ? Mon sempiternel Rien de spécial finira par le décourager. Mon fils me manque. Tellement. Ce n'est rien de le dire ainsi. Existe-t-il un verbe plus fort que *manquer* ? Si quelqu'un connaît le mot capable d'embrasser le vide, la plaie invisible qui suinte et palpite en permanence sous ma poitrine gavée de douleur, qu'il me l'envoie. L'absence de Joseph a pris toute la place en moi. Je n'en finis pas de me cogner contre elle, de me griffer au barbelé du temps qui a emporté sa voix avant de me voler son odeur, cet indescriptible parfum de bébé, caché je ne sais où, quelque part dans son cou, sous ses cheveux si doux que je ne ratais pas une occasion de respirer, mélange mystérieux de sueur et de foin mêlés alors qu'il ne s'y roulait jamais. J'ai sa mort dans l'âme. Elle a gangrené mes désirs, mes rêves, mes espoirs, ma lucidité, tout calciné.

Ma mère est rentrée au bout de dix heures de garde à vue, choquée, mais soulagée. Les affaires qu'on lui a demandé de donner, le soutien-gorge qu'elle a dû enlever, la cellule où ils l'ont enfermée, qui sentait la pisse, sa voisine, une SDF qui divaguait, et que l'agent d'astreinte semblait prendre un malin plaisir à empêcher de dormir, elle a tout raconté, avec une voix que la honte faisait trembler. J'ai pensé que nous en étions quittes, elle et moi, de nos folles frayeurs, mais non. Ils l'ont convoquée de nouveau dans le même bureau. J'ignorais que c'était possible, on ne voit jamais ça à la télé, faut dire, mais son avocate nous a expliqué que si, tant que les vingt-quatre ou quarante-huit heures de garde à vue n'ont pas été épuisées et que l'affaire n'est pas classée, la police peut vous faire revenir quand bon lui semble. On reste à leur merci. Les flics nous ont laissé retrouver notre calme et nos esprits, le temps qu'on les oublie, et puis c'est reparti. Trois semaines plus tard, le cauchemar a recommencé. À la deuxième garde à vue en date du 1er mars 2024, le ton a durci. À peine ont-ils fait asseoir maman dans leur pièce sans fenêtre qu'un des deux officiers lui annonce qu'il va lui montrer une photo. Quelques secondes passent, tandis qu'il extrait une pochette de la pile de dossiers amoncelés sur son bureau, quinze secondes à peine, dix peut-être, assez en tout cas pour que ma mère flippe, s'attende à tout. À tout sauf à ce qu'elle voit sur l'impression que lui tend le flic et que je tiens aujourd'hui entre mes doigts. Elle ne saisit pas ce que vient faire, dans ce commissariat, l'image de ce pot ancien. Moi non plus. Mais elle l'a toujours vu dans la cuisine d'Anaïs, et moi aussi. Elle sait très bien que son couvercle est fêlé, recollé à plusieurs endroits. Même moi je le sais, compte tenu du nombre de mises en garde auxquelles j'ai eu droit lorsque je l'accompagnais autrefois chez les Besnard.

Les questions du flic déclenchent en elle une alarme, de plus en plus stridente à mesure qu'il la mitraille et que ses réponses tombent dans cette salle où elle étouffe et transpire sous son pull en mohair rose qu'elle finit par enlever. Sa litanie de *oui* l'assomme et la condamne.

– Oui, je vais tout vous expliquer puisque je n'ai rien à cacher.

– Oui, je reconnais parfaitement ce pot blanc.

– Oui, je sais à qui il appartient.
– Oui, bien sûr, je sais lire.
– Oui, je peux déchiffrer les cinq lettres bleues.

Question : **Avez-vous touché à ce pot de sucre lors de votre dernier ménage, Madame Bonhomme ?**
Réponse : **Sûrement puisque je dépoussière toujours la vaisselle ancienne qu'Anaïs expose dans le meuble du petit-déjeuner, à côté des bocaux, du miel, des confitures et de ses boîtes à thé.**

Question : **Avez-vous déjà consommé de la cocaïne, Madame Bonhomme ?**
Réponse : **Non, pas que je sache !**

Question : **Vous auriez donc pu consommer de la coke à votre insu ?**
Réponse : **Mais non, voyons ! Pour qui me prenez-vous ?**

Question : **Vous en êtes vraiment sûre, Madame Bonhomme ?**
Réponse : **Oui !**

Oui, moi aussi, j'en suis sûre.

Question : **Avez-vous déjà vu de la cocaïne ?**
Réponse : **Mais non, je n'ai jamais vu et jamais touché de cocaïne de ma vie !**

Question : **Vous souvenez-vous d'avoir ouvert ce pot de sucre ?**
Réponse : **Peut-être.**

Question : Peut-être ou sûrement ?
Réponse : Je ne sais pas ! J'ai pu l'ouvrir en faisant le ménage. Excusez-moi, je ne comprends pas le sens de votre question.

Question : Écoutez Madame Bonhomme, on va arrêter de tourner autour du pot, c'est le cas de le dire. Le petit Joseph Besnard est mort d'une overdose, d'un arrêt cardiaque lié à l'ingestion de cocaïne, or nous en avons retrouvé dans ce pot de sucre que vous admettez avoir pu ouvrir et sur lequel figurent évidemment vos empreintes... Comment l'expliquez-vous ?
Réponse : (silence) Je ne l'explique pas.

Question : Vous ne savez pas ce qui s'est passé, Madame Bonhomme ?
Réponse : Non.

Question : Alors je vais vous rafraîchir la mémoire. Vous n'avez peut-être jamais pris de cocaïne, Madame Bonhomme, mais vous en avez vu. Vous en avez même versé dans le pot de sucre de votre patronne, pot de sucre que vous avez ensuite reposé sur l'étagère, et pris soin, si j'ai bien compris, de replacer entre les autres bocaux, à côté des confitures et des boîtes à thé. Je ne me trompe pas, Madame Bonhomme, les choses se sont bien déroulées comme ça, n'est-ce pas ?
Réponse : (silence) Je crois que.

Ma mère s'interrompt. Elle ne peut pas raconter d'une traite ce qui s'est passé. Elle ne peut pas le raconter tout court. Elle ne comprend pas de quoi parle ce flic, dont la cuisse bat la mesure de son impatience. Elle laisse passer d'interminables secondes, quelques minutes peut-être. Le temps de forer sa mémoire, de la forcer, le temps de retrouver ses esprits, perdus ce matin-là, ce 28 août 2023 où elle a fait le dernier ménage de l'été. C'est le Covid qui les lui avait volés ainsi que ses forces, en plein été. Lorsqu'elle m'a appelée, désespérée, pour m'annoncer le résultat positif de son test, je me souviens très bien lui avoir conseillé de rester au lit. J'entends encore son Mais non ! indigné, suivi d'un Voyons, Camille, le ménage ne va pas se faire tout seul. Si seulement maman m'avait écoutée. Soudain, tout lui revient. En un éclair. Son épuisement, son application à nettoyer la maison aussi bien que d'habitude malgré cette migraine infernale qui lui martèle les tempes chaque fois qu'elle se baisse, son souci de tout ranger parfaitement pour que rien ne dépasse, que tout soit impeccable comme écrit en lettres capitales sur ce putain de protocole. Elle revoit tout à coup le meuble du petit déjeuner, où s'alignent bocaux, pots en faïence, miel, cacao, boîtes à thé, et au milieu d'eux ce sac de congélation, avec sa fermeture à glissière rouge, qu'elle n'a eu aucun mal à ouvrir. Elle se rappelle avoir procédé comme elle le fait souvent pour les céréales ou le riz que les locataires achètent pour la semaine et dont il reste toujours un fond, voire la moitié du paquet, généralement percé d'ailleurs. Elle a donc fait comme d'habitude, vidé le sac qui contenait ce qu'elle croyait être du sucre dans le pot de sucre rangé à côté des confitures. Elle l'a fait comme tout le reste, à la va-vite, en automate, sans réfléchir, mais à quoi aurait-elle dû réfléchir, pour elle cela allait de soi, c'était du sucre évidemment, quoi d'autre ? Soulever le couvercle du pot, ouvrir le sachet, le verser dans le pot puis le jeter à la poubelle, refermer le pot, le replacer dans l'alignement des bocaux, nettoyer la tablette, s'attaquer ensuite au frigo et au four. Sans perdre une minute.

Hier la hâte, aujourd'hui la honte.

Joseph est mort par sa faute.

Tout tremble, maintenant qu'elle comprend.

La terre sous ses pieds, sa voix, ses paupières, sa bouche, son menton, tout tremble quand enfin elle répond :

– Oui, je crois que j'ai rempli le pot.

– Je vous ai déjà dit que je n'en consommais pas. Non, cette cocaïne ne m'appartenait pas.

– J'ai pensé que c'était du sucre, les locataires font toujours ça, apporter des provisions.

– Oui, je fais toujours ça, je verse les restes dans les pots… Je n'aime pas gâcher.

– Je n'aime pas gâcher…

Ma mère formule péniblement cette phrase. Je la connais, je sais qu'elle ne la répète pas parce que le policier le lui demande, mais parce que la stridence de la sonnerie qui vrille entre ses tempes, l'empêche de l'entendre. Plus aucun son ne lui parvient, elle a compris tout ce qui se joue et qui n'a rien d'un jeu. Avant même que le flic ne lui pose la question suivante, avant même qu'il ne lui demande si elle a vidé le sachet en une ou en plusieurs fois, avant même qu'il ne se moque, Alors vous, Madame Bonhomme, vous arrivez à confondre de la cocaïne avec du sucre, faut le faire ! avant même qu'il ne raille son ignorance, ma mère comprend, non percute, *percute* c'est le mot qu'elle emploie quand elle me raconte, c'est le verbe adapté, tant ça cogne, cogne dans son cerveau et dans son cœur aussi qu'elle sent pulser jusque dans ses poignets, ses doigts et ses mains moites qui tiennent sa tête, sa pauvre tête prête à exploser, et qui explose en même temps que sa vie, sa vie dévastée, ligotée à celle d'Anaïs désormais, gangrenées par le chagrin, les remords et l'infernale culpabilité qui ne cessera plus jamais de la ronger.

Quatrième acte

Un an déjà sans Joseph. Il m'a perdue comme je l'ai perdu et pourtant je reste sa mère malgré tout. Je le resterai malgré la poussière, les cendres et les années. Je demeurerai sa mère par-delà la mort, pour l'éternité. Je l'espère, je veux le croire. Oui, je suis encore sa mère, comme celle de Victoire. Une mère d'outre-tombe, une mère inutile, mais une mère quand même. Le penser m'apaise. Pourtant quel intérêt Joseph aurait-il de me garder alors qu'il a tout rendu, l'âme et les armes ? Maintenant que je réfléchis, en dépit des mots enfuis, je me demande ce que font les femmes comme moi, les mères qu'on ne peut plus nommer, les orphelines d'enfants, les perdues, sans statut, toutes les exilées de la maternité, que font-elles devant la chambre fermée de leur chair disparue ? Passent-elles leur chemin ? Retiennent-elles leur respiration comme moi jusqu'à la cuisine ou la salle de bain ? Détournent-elles la tête, baissent-elles les yeux sur le carrelage, le lino, la moquette, le parquet, ou se cognent-elles à la porte condamnée ? J'ai du mal à croire que certaines la laissent ouverte, même à moitié, mais peut-être. Et les plus courageuses ou les plus désespérées, toutes celles comme moi, que l'ont dit mortes de chagrin alors que le chagrin ne nous tue pas, hélas, mais nous bouscule, nous bascule dans la folie de l'absence et le puits d'un infernal silence, toutes les sœurs de peine qui tiennent vaille que vaille, parce que pas le choix, que font-elles devant le lit de leur enfant ? S'y assoient-elles ? Enfouissent-elles la tête dans l'oreiller, narines aux aguets, mues par l'espoir éperdu d'y retrouver un vestige ? Moi j'aimerais. Je l'ai fait, une fois, mais je n'ose plus. La peur de ne plus jamais me relever chasse instantanément le désir de m'allonger. Le moelleux de la couette dans laquelle se pelotonnait l'enfance il n'y a pas si longtemps me nargue en vain. Je reste debout sans bouger, bras ballants et jambes en coton devant ces draps Spiderman qui ne couvrent plus mon fils. Parfois l'envie irrépressible me vient de les lisser, de défroisser un pli, imaginaire puisque plus personne ne s'y couche. Chaque fois que mes mains se tendent, mes doigts se rétractent, juste avant d'effleurer le tissu. Longtemps je me suis demandé ce qui retenait ces tristes serres. J'ai d'abord cru qu'il s'agissait d'un sentiment impossible à nommer, la crainte du saccage et du sacrilège mêlés, mais non, maintenant je sais que c'est le tournis, le vertige de toutes les caresses perdues.

Pas une seconde je n'ai imaginé que la convocation tournerait à l'accusation. J'ai soudain eu l'impression de me retrouver projetée dans *Les Blessures assassines*, le film de Jean-Pierre Denis avec Sylvie Testud et Isabelle Renauld dans le rôle des sœurs Papin. J'étais allée le voir à sa sortie, aux 3As, le cinéma du Touquet, je m'en souviens, sans me douter un instant, mais comment l'imaginer, qu'un jour ma mère se retrouverait dans la même situation que ces employés de maison modèles. Il y avait Christine, l'aînée, la cuisinière, et Léa, la femme de chambre, encore mineure au moment des meurtres. Elles comparaissaient devant la cour d'assises d'Angers pour le double massacre de leur patronne, Mme Lancelin, et de sa fille Geneviève, au service desquelles elles travaillaient depuis sept ans. À l'époque des faits, en 1933, certains se demandaient si les sœurs Papin étaient « piquées », ou si la tyrannie de leurs patrons les avait conduites à une sorte de folie meurtrière. La presse aussi s'interrogeait : Est-ce la lutte des classes qui a produit ce bain de sang ? La question ressemble à celle que je n'en finis pas de me poser aujourd'hui au sujet de Airbnb et de la mort de Joseph. Seule l'intention distingue l'assassin du meurtrier, et ma mère en est dénuée, mais est-elle coupable malgré tout, comme les sœurs Papin ? Impossible d'envisager cette question sans force ni farce. Je tente de la considérer à froid, de la regarder comme il faudrait toujours le faire avec la vérité, en face, sans ciller, mais c'est un abîme. Alors j'esquive, je reformule l'interrogation. Maman a toujours insisté pour que j'appelle les gens par leur nom, ou que je donne du Madame Monsieur à celles et ceux que je ne connaissais pas, alors reprenons : Sylvie Bonhomme est-elle coupable ? Elle ne pourra pas être accusée de meurtre, mais pourrait-on la condamner pour homicide involontaire ? J'ai retrouvé dans mon cahier cette définition recopiée un soir de colère à partir de service-public.fr, le site officiel de l'administration française, qui tient à ce que les choses soient bien claires :

> *L'homicide involontaire est le fait de causer la mort de quelqu'un, sans le vouloir, par maladresse, imprudence, inattention, négligence ou manquement à une obligation de prudence ou de sécurité.*

Cette phrase m'électrocute chaque fois que je la relis. J'imagine des cases en face de chaque possibilité, la maladresse, l'imprudence, l'inattention, la négligence, le manquement à une obligation de prudence ou de sécurité. Et je ne peux m'empêcher de penser que ma mère les a toutes cochées.

Un clic a évidemment suffi aux flics pour obtenir l'identité du dernier locataire, ses coordonnées, puis ses aveux. Je me souviens très bien de m'être réjouie de recevoir dès février une demande de location de sa part pour la dernière semaine d'août. J'étais étonnée et ravie que la maison soit ainsi déjà bookée pour les deux mois d'été. Jamais je n'aurais pu me douter que ce nom qui s'affichait sur mon compte Airbnb serait celui de l'assassin de Joseph… Adrien refuse que j'emploie ce mot et que je résume la situation ainsi, c'est un accident, me répète-t-il. Je n'arrive pas à l'entendre. Je me suis reconnectée pour chercher la photo de ce type, ne plus lutter contre une rage sans visage. Je ne comprends pas comment il a pu oublier son putain de sachet de cocaïne. Je me demande si les policiers lui ont posé cette question. Moi, elle me taraude. Quand tu achètes de la coke, c'est que tu as envie ou besoin d'en prendre, alors tu la consommes, non ? Et si tu ne sniffes pas tout du premier coup, tu ranges le reste, dans ton sac, la poche de ton jean ou de ta veste, où ça te chante, mais tu le ranges, tu ne le laisses pas traîner. Et encore moins dans le meuble du petit-déjeuner, puisque c'est là où il l'a planqué si j'en crois ce qu'a dit Sylvie aux flics. Et je la crois, même si je lui en veux. Quelle conne ! Non, la conne, c'est moi. Moi non plus je n'ai jamais vu de coke de ma vie, à part au cinéma, et encore ce n'est pas de la vraie. Je n'en finis pas de me demander ce qui serait arrivé si j'avais été attablée avec Joseph au moment où il a cru sucrer sa gaufre. Est-ce que je me serais rendu compte qu'il y avait un problème ? Et si je n'étais pas montée à l'étage chercher mon portable, est-ce que j'aurais pu le sauver, est-ce que ces quelques secondes qui m'ont manqué auraient tout changé ? Et s'il n'avait pas plu, si Victoire n'avait pas autant tardé à rentrer du centre équestre, ou si Joseph l'avait attendue pour manger, est-ce qu'elle serait morte elle aussi, ou est-ce qu'au contraire elle aurait pu sauver son frère ? Et si nous avions gardé les gaufres pour le dessert, si nous en avions mangé tous les quatre au dîner ? Cette litanie de *si* m'assomme. Adrien les juge *inutiles*, et même s'il ne le dit pas méchamment, cela me blesse. Je sais bien que je ne suis pas la seule à me poser tant de questions, je sais bien que Victoire s'interroge aussi et qu'elle s'en veut de ne pas être rentrée plus tôt à vélo. Elle me l'a confié un matin, au moment de partir pour l'école toute seule, sans plus personne pour l'asticoter, lui attraper soudain la main, la forcer à presser le pas sous peine d'arriver en retard, allez plus vite Vic, plus personne pour lui intimer de courir, courir à fond derrière le bus en hurlant Attendez-nous ! Toute sa vie, elle regrettera de ne pas avoir été là avec Joseph, de ne pas avoir pris son goûter avec lui, elle me l'a dit. Tout bas. *Mon dernier goûter avec mon frère*, ces mots qu'elle a murmurés, les yeux rivés sur ses baskets, n'en finissent pas de hurler dans ma tête.

Faut-il interdire Airbnb ? s'interroge *Le Parisien* en une de son édition du 15 juin 2023. Moi je réponds oui. Peu m'importe que cela contrarie les gens, dégonfle leur porte-monnaie, nuise à leur pouvoir d'achat et à son ruissellement. Dans un article du *Monde* un peu plus ancien, que j'ai imprimé, une factrice de Saint-Malo se désole de n'avoir plus, dans certaines rues, que deux ou trois habitants à l'année à qui distribuer le courrier. Pourtant la mairie a frappé un grand coup, deux ans plus tôt, en adoptant l'une des réglementations les plus restrictives de France pour stopper la transformation des logements de la ville en meublés touristiques lorsqu'elle s'est rendu compte que 30 % d'entre eux étaient à louer sur des plateformes. 30 %, mais où va-t-on ? La colère a allumé en moi un feu impossible à éteindre. Je n'en finis pas d'errer sur Internet pour éplucher la presse régionale, lire, lire et relire encore les faits divers liés à Airbnb sans trop savoir pourquoi.

C'est plus fort que moi. Comme s'il me fallait trouver des gens comme nous que la plateforme a broyés, identifier des camarades de déveine, fonder une fratrie d'infortune. Plusieurs cas de prostitution attirent mon attention ainsi qu'un grand nombre d'histoires sordides que j'accumule dans mon cahier comme des pièces à conviction. Maddy ne minaude pas dans la vidéo de 2,55 minutes, qu'elle a postée sur TikTok, et que reprend le site de *Ouest France*. Ses sourcils parfaitement dessinés dansent derrière les grandes lunettes de vue hexagonale qui mangent son visage sérieux où l'enfance s'attarde encore un peu. Elle porte un t-shirt gris à col rond, on ne peut plus simple, et pose sans fard sur son canapé, cheveux et traits tirés, pour raconter à sa communauté ce qui lui est arrivé. C'est très grave, prévient-elle d'emblée. Décidée à profiter du week-end de Pâques pour partir quatre jours à Annecy avec une amie, elle loue un logement Airbnb du 7 au 10 avril 2023 à Dingy-Saint-Clair, en Haute-Savoie. Sans se douter un instant qu'elle le quittera précipitamment au bout de vingt-quatre heures quand elle comprendra à son clignotement que le réveil posé dans la salle de bain dissimule une caméra espion. J'imagine la jeune fille sortir précipitamment de la douche, lutter contre l'envie de fracasser le réveil sur le carrelage, se contenter de le retourner, récupérer ses lunettes à larges montures dorées sur le lavabo, attraper une serviette trop petite pour s'y envelopper et quitter en trombe la salle de bain. Elle ne prend pas le temps de se sécher, manque de glisser, se rattrape in extremis au mur du salon en appelant son amie occupée à poster en story les images de leur virée sur le lac d'Annecy. Cette dernière ne doit pas comprendre tout de suite, Quoi, qu'est-ce qu'il y a ? puis pige enfin et court à son tour dans la salle de bain tandis que Maddy enfile son jean et le premier t-shirt qui lui tombe sous la main. Airbnb, qu'elle contacte dans la foulée, lui conseille de partir sur-le-champ et propose de lui rembourser une chambre d'hôtel pour lui permettre de poursuivre son séjour. Mais Maddy n'a plus le cœur à prendre du bon temps, je la comprends. Ce qu'elle veut, c'est porter plainte. Alors direction la gendarmerie de Thônes, à qui elle confie la caméra dissimulée dans le réveil. Je me représente sans mal l'impatience des deux étudiantes durant les quatre heures qu'il faut aux gendarmes pour visionner l'intégralité des vidéos contenues dans la carte mémoire de 32 gigas, et leur rage quand elles se découvrent parmi une trentaine de locataires nus, filmés eux aussi en train de se laver. Maddy n'en revient pas : même les gendarmes étaient choqués ! s'exclame-t-elle, furieuse. Elle se sent *salie*. J'ai souligné ce mot dans mon carnet, car c'est exactement le même qu'a employé ma mère, lorsque les flics l'ont interrogée. Combien d'utilisateurs se sentent-ils salis, floués par Airbnb, ce chantre de la propreté qui se targue désormais de donner des conseils sur la mise en œuvre du processus de nettoyage en cinq étapes ? Allez, levez la main, mesdames et messieurs, faites-vous connaître ! Jamais les deux amies de Meurthe-et-Moselle n'auraient pu imaginer une telle perversité de la part du propriétaire qui les hébergeait, car avant de réserver son appartement elles avaient pris soin de consulter les avis, tous positifs, à son sujet. Comme Anaïs, il pouvait se vanter de bénéficier du statut de Superhôte, attribué automatiquement aux meilleurs membres, avec « deux cents commentaires, tous plus géniaux les uns que les autres ». Le pire, c'est qu'après tout ça, il a tenté d'appeler Maddy dont il avait évidemment les coordonnées. J'espère que la petite a raccroché au nez de ce malade. Comment a-t-il osé ? Si encore c'était pour s'excuser, mais non, monsieur voulait *se justifier*. On croit rêver. Il affirme avoir agi de la sorte parce qu'il se sentait *seul*. Il encourt un an d'emprisonnement et 45 000 euros d'amende pour ce délit qualifié d'atteinte à l'intimité de la vie privée. Alors maman, elle prendra combien ? Un porte-parole d'Airbnb certifie que le propriétaire voyeur a été banni de la plateforme et que des mesures strictes sont mises en place « lorsque ce type d'incident extrêmement rare se produit ». Extrêmement rare, tu parles ! En fouillant un peu, j'ai découvert des cas similaires à Tourcoing, Strasbourg, Nice ou encore Rouen. Avec des variantes bien sûr. Il arrive qu'une seconde caméra, cachée dans une multiprise, soit découverte dans la chambre. Ben voyons, pourquoi se priver ? Mon amie Léa à qui je raconte ces histoires immondes dit qu'il faut que j'arrête, que je vais devenir folle, et que toutes ces recherches sont vaines. C'est vrai, à quoi bon cette accumulation de faits divers ? Cette collection abracadabrantesque ne ressuscitera pas Joseph, et ne réparera rien.

Longtemps la casquette de Joseph est restée accrochée au portemanteau de l'entrée, prête à vaincre la bataille de ses cheveux bouclés. Jusqu'à ce que je me résolve à la ranger dans la chambre de sa sœur qui a tenu à la garder mais n'ose pas la porter. Je ne saurais dire combien de semaines il m'a fallu pour trouver la force de m'occuper des affaires de mon fils. Faire des sacs, trier ses jeans, ses t-shirts, ses baskets, donner sa doudoune, ses pulls, ses polos, son blouson fétiche, sa ceinture, jeter ses chaussettes rapiécées, ses caleçons, ses pantalons élimés. J'ai eu l'impression de le perdre une deuxième fois. Un soir, avant de se coucher, Vic est venue me voir dans ma chambre et m'a tendu une brosse à dents. Elle n'a pas eu besoin de me préciser que c'était celle de son frère, cela allait de soi. Jaune pour Joseph, bleu pour Victoire, rouge pour Adrien et rose pour moi. Je l'ai attrapée sans rien dire, que dire ? Je n'ai pas su trouver les mots, ni le courage de les chercher. J'ai pris Victoire dans mes bras, et l'ai serrée fort, fort contre moi, ma petite fille chérie, mon adorée, le seul enfant qu'il me reste, ai-je pensé ce jour-là pour la première fois, tandis que je caressais sa tignasse dorée, et cette pensée m'a transpercée. Elle est si longue, la liste des choses qui me tisonnent le cœur. J'ai découvert, au milieu des habits de notre famille trouée, un sweat de Joseph, que je n'avais pas eu le temps de laver avant de partir au Touquet pour les vacances de la Toussaint. Je l'ai laissé au fond du bac à linge durant des jours avant de puiser je ne sais où l'énergie de l'en sortir. L'odeur de mon fils avait disparu, évanouie, hélas, mais un sourire narquois a jailli de la capuche que je parvenais, tant bien que mal, à lui faire enlever, au moment de passer à table, et encore il fallait insister, maintes fois répéter, Ta capuche, Joseph, ta capuche ! C'est moi qui enfouis ma tête désormais dans cette capuche, orpheline elle aussi. Je ne peux m'empêcher de coller contre mon nez ce coton qui ne sent plus rien. Toujours j'y reviens, plusieurs fois par jour, quand Victoire et Adrien ne sont pas là ou qu'ils ont le dos tourné, s'affairent dans la pièce d'à côté. C'est la pauvre parade que j'ai trouvée pour reprendre mon souffle lorsque m'étreint soudain un chagrin infernal, impossible à chasser, et qu'il menace de m'étrangler. Cela ressemble à un toc, tant pis. Pendant longtemps j'ai aussi appelé le numéro de Joseph, enregistré dans mes favoris. Juste pour entendre sa voix. Coucou c'est Joseph, j'suis pas là, j'ai mis ma cape d'invisibilité pour partir en mission, mais dès que je suis de retour à Poudlard, je vous rappelle, alors laissez-moi un message ou envoyez-moi un elfe. L'autre jour quelqu'un a décroché, et ce n'était pas mon fils évidemment. Je ne suis pas parvenue à effacer son numéro de mon portable. Dieu sait que j'ai essayé pourtant. Il faut avoir du cran ou du panache, le cœur bien accroché en tout cas, pour chercher la fiche d'un cher disparu et la faire disparaître sans se laisser attendrir. Je n'ai pas su affronter le regard de mon fils, pas pu endurer ce sourire qu'il affiche sur la photo prise le jour de son dernier anniversaire, devant ses douze bougies, je n'ai pas réussi à appuyer sur *modifier* puis sur *supprimer le contact*. Mon téléphone est un cimetière. Comme celui de nombreux pères et mères, sans doute. Les souvenirs qu'il m'envoie à intervalles réguliers, les Il y a un an, Il y a deux ans, les Portraits de Joseph et moi au fil des ans, tous ces clins d'œil virtuels générés par une intelligence artificielle sans cœur me dévastent chaque fois que je les reçois. Je ne sais pas ce qui est pire, ce qui est le plus douloureux, regarder ces images heureuses d'un passé perdu ou les ignorer. Combien de morts hantent le portable des gens ?

Le comble, c'est qu'à force d'éplucher la presse, j'ai fini par apprendre grâce au journal que ma mère était hors de cause. « Affaire Besnard du Touquet : une mort sans coupable ». Lorsque je suis tombée sur ce titre de *La Voix du Nord*, affiché en haut de mon écran, mon cœur a manqué un battement. Apnée. J'ai lu d'une traite l'article révélant que la police avait finalement retrouvé « les derniers locataires des Besnard » « Il s'agit d'un couple de trentenaires parisiens, habitués à partir en vacances grâce à Airbnb, explique la journaliste. La femme et l'homme, respectivement âgés de 30 et 36 ans, ont avoué que la cocaïne retrouvée dans la maison qu'ils avaient louée l'été dernier, au Touquet, et qui a provoqué la mort accidentelle du fils des propriétaires, leur appartenait. Aussi injuste cela soit-il pour les parents du petit Joseph, décédé d'un arrêt cardiaque dû à l'ingestion de drogue, nul ne peut être tenu pour responsable de sa mort. Ni les locataires Airbnb à qui appartenait la coke, ni la femme de ménage qui a reconnu avoir vidé le sachet dans le pot de sucre qu'a consommé l'enfant. » Je n'ai pas besoin de consulter mon cahier pour citer ces phrases grâce auxquelles j'ai su que ma mère était innocente. Je les connais par cœur. Jamais je n'oublierai celles de l'avocat de la famille qui précisait que les locataires ont été entendus dans le cadre de l'enquête en cours pour détention de produits stupéfiants, avant d'ajouter : « l'homicide involontaire ne tient pas dans un cas comme celui-là ». Sauvées ! J'ai appelé ma mère en hurlant Maman, maman, c'est fini, tu n'as plus rien à craindre. Elle n'a pas tout de suite saisi de quoi je parlais, puis m'a demandé de lui lire l'article en entier pour s'assurer d'avoir bien compris. Lorsque j'ai eu fini, je n'ai pas su si elle respirait fort, ou si elle pleurait. « Ces salauds ne seront pas punis », a-t-elle lâché et ce n'est qu'à ce moment-là que j'ai mesuré à quel point je m'en fichais. Pas une seconde cette considération ne m'avait traversé l'esprit. Aujourd'hui encore, l'impunité des locataires ne me fait ni chaud ni froid, pardon. J'ai quelquefois pensé à Anaïs et à ce pauvre Joseph bien sûr, mais dans le fond, si je suis honnête, et je le suis, seul le sort de ma mère me tourmentait depuis des mois. Je n'en reviens toujours pas de toute cette histoire. Alors comme ça, on vit dans un pays qui peut vous mettre en garde à vue mais ne juge pas nécessaire de faire savoir à votre avocate que l'affaire est classée et que par conséquent vous vous retrouvez innocenté ? Ni tambour, ni trompette, ni courrier, rien pour vous dire, C'est bon, détendez-vous, respirez.

Ma colère a-t-elle fondu ? S'est-elle évaporée ? J'ignore où elle est passée et je doute qu'elle ait complètement disparu, mais j'ai l'impression qu'elle s'est transformée depuis quelques jours. En compassion, peut-être. Je ne peux m'empêcher de penser à Sylvie. Sylvie, si dévouée, corvéable à merci, Sylvie, salie, seule sans doute aujourd'hui, Sylvie que j'ai livrée aux flics, laissée tomber, laissé accuser à tort. Après la mort de Joseph, je n'ai plus rien éprouvé pour elle à part du ressentiment. Zéro émotion, aucune peine. Et voilà qu'elles sont revenues en cortège débraillé, l'affliction, l'affection et avec elles la culpabilité. C'est à moi, à moi seule que j'en veux maintenant. Si j'avais dit non à Adrien, si je n'avais pas loué la maison, si je n'avais pas cédé à la pression Airbnb, Joseph serait toujours vivant, rien ne serait arrivé. J'aurais dû écouter ma gêne, l'embarras qui montait en moi chaque fois que je devais exposer à Sylvie toutes ces foutues consignes. Quand je pense que je lui ai expliqué qu'il fallait remettre un rouleau de PQ neuf dans chaque salle de bain, même si le précédent n'était pas terminé. Et elle, qui m'avait gentiment proposé de racheter papier, pastilles, tous les produits qui viendraient à manquer, me rassurant, De toute façon, je ferai comme pour moi. Il n'y avait pas de point d'interrogation dans sa voix, je savais bien que ce n'était pas une question, que cela allait de soi, que faire comme pour elle, c'était faire au mieux, mais j'avais soudain imaginé qu'elle choisissait le papier le moins onéreux, et au lieu de la laisser faire comme pour elle, papier rose ou blanc qu'est-ce ça pouvait bien foutre finalement, je n'avais pas pu m'empêcher de lui demander de noter la marque que j'avais l'habitude de prendre, le Lotus Ultra Doux avec un Aqua Tube recyclable, Vous pourrez même le jeter dans les toilettes, Sylvie. Mais quelle conne ! Et elle qui avait ensuite repris son travail comme si de rien n'était. Je me souviens d'avoir été soulagée, presque reconnaissante qu'elle n'émette aucune remarque. Et moi qui me flattais de jouer les gentilles patronnes. Tu parles, mes recommandations n'étaient jamais que des instructions. Je jouais à la shérif, en fait, et le pire c'est que l'étoile épinglée sur ma poitrine, je l'ai volée à Sylvie. C'est elle qui la portait autrefois. Lorsque je l'ai rencontrée, il y a quinze ans, Sylvie savait, je suivais. La jeune mariée inexpérimentée que j'étais l'imitait souvent, mais ne l'égalait jamais. J'écoutais ses explications, observais ses gestes et les reproduisais en son absence, roulais les serviettes à plat avec un rabat, embouchais la brosse dissimulée dans le compartiment de l'aspirateur pour dépoussiérer le canapé, singeais sa manière de lustrer l'évier, la bouilloire et le grille-pain jusqu'à pouvoir s'y apercevoir le matin. Je voudrais cesser de ressasser, chasser de mon esprit cette pauvre Sylvie, comme nous l'avons chassée de la maison. Cela laisserait plus de place au fantôme de Joseph qui me hante. J'aperçois mon fils partout. Un aigle au dos d'un blouson en jean, un skate lancé à toute vitesse, un visage dévoré par des boucles blondes dans le couloir du métro ou une capuche rose à l'arrêt de bus suffisent à me faire sursauter. Les fins d'après-midi tristes où je me force à sortir, je louvoie, je l'avoue. Je modifie mon itinéraire presque malgré moi, j'évite de passer devant le terrain de basket, contourne l'école et la grille du parc derrière laquelle tant d'enfants s'ébrouent, les bébés dans leurs poussettes, les clopin-clopant, les trottinettes, les rois du bac à sable, les as du toboggan, les joueurs de billes, de foot et de ping-pong, les maternelles, les CP, les 4-6, les 7-9, les 10-11 et les plus grands qui ont l'âge de Joseph et qu'il vaut mieux ne pas regarder. Je connais assez bien le modèle 12-13 pour avoir le temps de changer de trottoir ou de baisser les yeux si j'en aperçois un dans la rue. J'ai mis des semaines à me désinscrire du fil WhatsApp de la 6e3. Je ne secourrai plus jamais la maman d'Emma qui a oublié son cahier de maths ni le père de Raphaël qui n'a pas noté ses devoirs pour lundi. Tout ça, c'est fini. Les relations sociales sont devenues compliquées, je le vois bien. Les gens n'osent plus me parler de leurs enfants par peur de me peiner. Quel parent oserait se plaindre auprès d'une mère endeuillée, s'agacer que son chérubin tourne ado, l'agresse dès qu'il ouvre la bouche et refuse de se lever le matin ? Je crois pourtant que ces histoires me feraient du bien. Je préférerais les entendre, ce serait mieux que d'endurer sourires contrits et silences gênés. J'ignore si Adrien s'en rend compte, mais moi j'ai bien remarqué que les amis ne nous proposent plus rien. Ni brunch, ni déjeuner, ni apéro, ni dîner. Rien. Il n'y a guère qu'avec Sophie que je continue de boire un verre ou un café, une fois de temps en temps. J'ai enfin compris que j'effraie les gens. Ils doivent redouter la contagion. Peut-être croient-ils que la guigne se transmet. En tout cas ils ne veulent prendre aucun risque. Et après tout ils ont raison, on ne sait jamais, je pourrais leur voler leurs fils.

Ma mère n'est plus rien puisque plus personne ne la prend. C'est comme ça qu'on dit pour les femmes de ménage, notons-le au passage, on n'utilise pas le verbe *embaucher* mais *prendre*, Tu devrais prendre une femme de ménage. Ben voyons. On prend une femme de ménage comme on prend la porte, un vent, un râteau, tout ce que maman a pris aussi d'ailleurs. En pleine tête. Qui voudrait faire travailler *à domicile* une femme qui a tué un enfant ? Enfin pas tué, mais bon. Le résultat est le même. Ses trois autres employeurs lui ont demandé de leur rendre leurs clés, comme par hasard. N'allez pas m'expliquer qu'il n'y a pas de lien avec ce qui s'est passé. Ma mère dit que de toute façon elle n'a plus le courage de rien. La culpabilité qui la ronge me ravage. Et la solitude qui la taraude me tue. Je m'afflige autant que je m'affole lorsque je l'appelle à 16 h 30, en sortant de l'école. Je n'ai pas besoin de lui demander où elle est, ni ce qu'elle a fait aujourd'hui. Je sais que comme la veille elle n'a pas quitté le canapé où elle a pris place, de guerre lasse, tête et cœur évidés, quand je lui ai téléphoné à la récré de 10 heures pour la forcer à sortir du lit, je sais que ses savates se désespèrent dans l'entrée ainsi que sa blouse soudain inutile, qui pend pitoyablement à la patère, les poches gonflées d'un temps perdu, gâché, tout sauf libre. Le filet de sa voix me tracasse, mais le pire, ce qui me mine le plus, c'est le silence de son appartement, un silence assourdissant qui l'entoure, l'engloutit, et prend toutes mes phrases en otage. Du matin au soir, ma mère reste assise, immobile et mutique. Muette de fatigue, étourdie de chagrin. Sans ouvrir la fenêtre, sans rien allumer, ni la radio, ni la télé. Je le sais puisque je n'entends rien, jamais, zéro son, aucun bruit dans le combiné, pas même un klaxon. Je crois qu'elle n'ôte pas son pyjama. À quoi bon s'habiller ? Quand vient le noir, quand la nuit tombe et délivre enfin ma mère vivotante, déjà morte peut-être, elle s'en retourne se coucher, sans personne à ses côtés pour la veiller. J'ai tenté de trouver une solution, mais la gardienne n'a pas été remplacée, et Mme Leleu, la voisine qui a gentiment accepté de prendre des nouvelles de ma mère, m'a contactée, l'autre jour, paniquée, croyant qu'il lui était arrivé quelque chose de grave à force de sonner, sonner, sonner en vain dans le vide. Je l'ai remerciée, rassurée, j'ai dit, Ne vous inquiétez pas, madame Leleu, tout va bien, et cette pauvre phrase m'a poursuivie longtemps après que j'ai raccroché. Rien ne va plus depuis que maman reste chez elle. Cela semble difficile à croire, mais aussi épuisant soit-il, son travail lui manque. Je ne dirais pas qu'elle l'aime, ni même qu'il lui plaît, mais elle tient à son métier. Car si femme de ménage n'est pas une vocation, cela reste un métier. Avec des habitudes, des règles et même des préceptes qui se transmettent. « Une femme de ménage se reconnaît à sa poubelle, à ses toilettes et à son seau », martelait ma mère, avec ces possessifs qui m'horripilaient. Elle m'a appris à aspirer la brossette de l'aspirateur, enseigné que faire la vaisselle c'est la laver, l'essuyer, la ranger et briquer l'évier. « La robinetterie n'est propre que si on se voit dedans, faut qu'elle brille même si ces histoires de ménage ne sont pas reluisantes », s'excusait-elle en souriant de son bon mot lorsque je l'accompagnais petite, et qu'elle me recommandait de rester sur le canapé, de ne pas bouger, ne toucher à rien surtout. Je ne l'ai jamais vue afficher le sourire extatique de la dame de la pub Helpling, ne l'ai jamais entendue siffler en travaillant ni frotter en fredonnant, mais elle ne se plaignait pas. Elle avait la sensation de prendre soin des autres en nettoyant leur crasse, et en tirait une réelle satisfaction. Il y a longtemps, elle m'a dit, Tu sais, Camille, je suis contente de faire plaisir aux gens, de leur permettre par exemple de marcher pieds nus chez eux. Sa phrase a fait naître une plage sous mes yeux. Ce jour-là, j'ai pensé que le fruit de son travail n'a pas de prix, qu'il ressemble à l'enfance, à l'innocence, peut-être même à la liberté. Et aussi qu'il n'y a pas que la beauté qui compte, que la propreté, sa pauvre sœur, apaise aussi et console, et parfois même éblouit. Je suis la fille d'une femme que la terre entière a appelée durant des années par flemme de faire les choses, le ménage, le repassage, les carreaux, la terrasse, le jardin, Oh là là, aucun courage et puis pas le temps de toute façon, merci Sylvie, je suis la fille d'une femme qui a passé son temps à s'activer, comme elle disait, la fille d'une femme qui sa vie durant s'est démenée, penchée, courbée, accroupie, juchée sur des tabourets, des escabeaux, des escaliers, la fille d'une femme qui s'est hissée partout, baissée sans cesse, relevée toujours, vaille que vaille, la fille d'une femme qui a escaladé des montagnes pendant trois décennies et qui maintenant ne bouge plus.

Cinquième acte

Mathilde vous a laissé une évaluation 3 étoiles. Laissez un commentaire sur Mathilde. Les deux mails sur lesquels je suis tombée hier, en consultant ma boîte m'ont. Sciée. Sidérée. Stupéfaite. Je n'en reviens toujours pas. Comment Adrien a-t-il pu ? Comment a-t-il osé ? Relouer ! Après tout ça. Et sans même m'en parler. Lorsque je lui ai posé la question, hors de moi, il a bafouillé, bredouillé qu'il ne voulait pas me blesser, oh non surtout pas, Anaïs, si tu savais. Adrien ne voit vraiment pas le problème, comme de toute façon je ne veux plus aller au Touquet, que nous sommes ric-rac, à découvert chaque fin de mois depuis que je ne travaille plus, autant louer la maison, il a pensé que cela m'éviterait de me coller la pression pour retrouver des clients... En plus, il n'a eu aucun mal à tout réorganiser. Il lui a suffi de passer par une conciergerie, trouvée sur Internet, qui se charge des départs, des arrivées et de tout nettoyer. Alors tu vois ? Ce que je vois, à en juger par la malheureuse étoile laissée pour la propreté, c'est que le ménage est moins bien fait aujourd'hui que par Sylvie. Je ne me suis pas privée de le faire remarquer à Adrien. Il a botté en touche : C'est pas une mauvaise note qui nous fera perdre notre statut de Superhôte. Cet épisode a encore contribué à nous éloigner. Sans retour possible, je le sens bien. Le vide immense qu'a laissé Joseph entre nous m'érafle. Depuis sa mort, j'ai l'impression très nette que chaque jour écoulé nous écarte un peu plus l'un de l'autre, irrémédiablement, dans un lent, très lent, un interminable et tragique travelling. Tout se dégrade, se déglingue. J'ignore comment on peut passer vingt ans de sa vie avec un homme qui soudain vous semble étranger. C'est cet épisode qui m'a donné le courage de décacheter la lettre que j'avais enfouie au fond du tiroir de mon secrétaire, pressentant qu'elle me remuerait trop. Voilà si longtemps que la fille de Sylvie ne m'a pas écrit. Camille le rappelle elle-même, la dernière fois qu'elle a pris la plume, c'était à la demande de sa mère, pour me remercier du stage que j'avais réussi à lui trouver. Aujourd'hui, rien à voir, c'est de son propre chef, et à l'insu de Sylvie. Elle tient à le préciser d'emblée, pour que je ne me méprenne pas, que les choses soient bien claires, tout est assez compliqué comme ça. Elle espère que le papier qu'elle a choisi me plaira. Elle l'a pris vert, parce que c'est la couleur de l'espoir, et qu'elle aimerait m'en apporter au moins un peu, au détour de ce courrier. Elle m'envoie également de la force, car elle se doute bien que je dois en manquer certains matins. « Ma mère en manque aussi, vous savez. Mais je crois que c'est vous, vous et Joseph, qui lui manquez le plus. » Camille ne prend pas de gants. Elle fend l'armure et fait sauter la mienne. Heaume, bouclier, plastron, cuissot, grenouillères, toutes mes défenses soudain par terre. Comme il est lourd, le sac qu'elle a vidé dans cette enveloppe qui tremble entre mes mains. Son désarroi ainsi que celui de Sylvie, la culpabilité, l'angoisse, la honte, les remords, les sanglots, les ennuis, et les vagues terreurs de leurs affreuses nuits, elle a tout jeté, en vrac sur cette page où grondent sa colère et sa haine. Camille ne les cache pas, je les entends tonner, s'élever vent debout contre Airbnb et cette tempête déchaînée ne m'empêche pas de deviner ses poings crispés dans l'ombre et les larmes de fiel quand la Vengeance bat son infernal rappel. Ses phrases ressuscitent des souvenirs que je croyais perdus. Mais oui, je me rappelle très bien d'elle, adolescente, qui accompagnait sa mère. Que Camille me parle de mon fils sans peur ni pudeur me bouleverse. Elle ne craint pas de m'avouer avoir éprouvé de la jalousie envers ce petit, que Sylvie aimait tant, et dont elle parlait si souvent, Joseph par-ci, Joseph par-là. « Parfois maman ajoutait, Je l'ai vu grandir comme toi, tu comprends, et ça me rendait dingue. » C'était bête bien sûr, Camille s'en veut aujourd'hui, de ça aussi. Je pense à vous, écrit-elle. À vous et à Victoire, qui j'espère, puisera dans son prénom glorieux la force de se remettre de la mort de son frère adoré. Camille ne me présente pas ses condoléances, ni l'assurance de ses sentiments respectueux ou distingués, elle se contente de me demander pardon au nom de sa mère. Elle a tracé ce mot en gros, en lettres anglaises, au milieu de la page. Oh, bien sûr, elle sait bien que rien ne m'oblige à l'accorder, ce *Pardon*, mais elle l'implore tout de même. Pardon Anaïs, pardon. Et puis, pendant qu'elle y est, elle aimerait me demander autre chose, alors elle ose, me supplie de bien vouloir accepter. Parler à sa mère.

Elles se tiennent droites sans bouger, devant la terrasse du café où elles se sont donné rendez-vous. Elles se regardent comme on se comprend. Droit dans les yeux, dans un silence qu'aucune ne brise, tant de choses déjà cassées. Quel gâchis. Le respect les tient en joue. Je ne peux pas m'empêcher de me demander si le malheur et le chagrin servent parfois de ciment, si les drames raccommodent les gens. J'ignore si quelque chose peut naître après la mort d'un enfant, mais à ce moment-là, en observant Anaïs et ma mère, depuis le coin de la rue où je suis postée, il me semble que la souffrance soude plus qu'elle ne sépare. Que les barrières tombent, et avec elles les masques, les costumes, blouse ou chemisier, les accessoires, livres, serpillière, chiffons, balai et toutes les étiquettes qu'on veut toujours nous coller. Je mets au défi quiconque de différencier ces dames. Difficile de distinguer celle qui trime de celle qui trinque, impossible de savoir laquelle des deux paie le plus cher. Moi je ne vois que deux femmes face à face, deux mères que la peine assemble et qui se ressemblent bien plus que d'aucuns ne le croiraient. Deux cœurs endeuillés mais debout, qui se consolent en secret. Peut-être que quelque chose pourrait se réparer s'ils se reparlaient. Une seule lettre sépare *reparler* de *réparer,* j'ai à peine le temps de m'en rendre compte que déjà le *l* tombe. Je le reconnais, ce *l*, maintenant qu'il gît à leurs pieds, c'est celui de la *lâcheté.* Soudain le monde s'arrête, se fossilise. Le feu passe au rouge. Plus rien ni personne ne bouge, même le vent s'éteint. C'est ce qu'il fallait pour que quelque chose advienne enfin sur le visage vide d'Anaïs. Un sourire. De porcelaine. Fragile, fugace, étiré par le chagrin, mais un sourire quand même. Un sourire, rien que pour ma mère. Qui l'absout, la libère.

Airbnb est une marque déposée par Airbnb, Inc. Booking.com est une marque déposée par Booking.com BV. Abritel et Homelydays sont des marques déposées par HomeAway UK Limited. Hometogo est une marque déposée par HomeToGo GmbH. Housetrip est une marque déposée par TripAdvisor LLC. 9flats.com est une marque déposée par 9flatsGmbH. Gensdeconfiance est une marque déposée par Gens de confiance, Société par actions amplifiées. Locat'me est une marque déposée par Tenant Cloud, SAS. Loc Service est une marque déposée par GoBoCom, SARL. PAP est une marque déposée par De Particulier à Particulier – Editions Neressis. Wizi est une marque déposée par SAS Tyrell, SAS. Shiva est une marque déposée par Shiva Group. Helpling est une marque déposée par Helpling France, SAS.

NORD COMPO
multimédia

Composition et mise en pages
Nord Compo à Villeneuve-d'Ascq

CET OUVRAGE
A ÉTÉ ACHEVÉ D'IMPRIMER
SUR ROTO-PAGE
PAR L'IMPRIMERIE FLOCH
À MAYENNE EN MARS 2025

N° d'édition : 653002-0. N° d'impression : 106542
Dépôt légal : mars 2025
Imprimé en France